それは、世界の誰よりも遠い場所にいる君からのラブレ

。

目次

# 100年越しの君に恋を唄う。

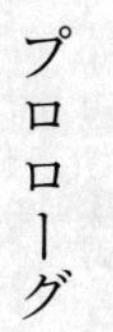

# プロローグ

人生で初めての家出をした。

詳しくは、進路に関する話し合いをきっかけに気まずくなった両親との関係や、家庭内の空気に鬱々としていると、学校の夏休みに入る直前にいとこの谷岡哲也から「久々にこっちに来いよ」という誘いを受けたのがきっかけだった。

理由はなんでもよかった。ただ、居づらさが募っていく家から出て遠くに行ければ、場所も理由もなんだってよかったんだ。

幸い哲也の地元は田舎も田舎。遠くへ行きたいという僕の希望を叶えるのには、もはや最適と言っても過言ではない場所だ。

しかも、以前一度だけ訪れたことのある哲也の地元『霧山村』は、僕の『作曲家になる』という親と揉める原因になった夢を抱くきっかけの場所でもある。だからこそ、創作に対する原点回帰という意味合いでも、ここに戻ってくるのは僕にとって必要なことに思われた。

僕は幼い頃にこの村に来たとき、怪我を負ってしまった。それは死んでいてもおかしくない事故だったのだけれど、そんな僕を助けてくれたある女性がいて。その人のおかげで僕は怪我を負うに留まった。死なずに済んだのだ。

『あの海よりもずっと、あの空よりもきっと、遠い場所にいる君へ～』

そして、あの事故に遭った日、怪我を負った僕が身動きをとれないとき、僕の気を紛らわすために女性が口ずさんでいた名も知らない曲の一フレーズ。それを僕は今でもずっと覚えている。これが、その印象的なフレーズだった。

その曲を思い出したくて、でも思い出せなくて。だから自分でそのフレーズを含めた曲を作り始めて。

そうして気づいてみれば、僕は作詞や作曲をするようになっていったのだ。

けれど、息子が怪我をしたという記憶の強い『霧山村』に、両親はあまり触れたがらず、それこそ家出でもしなければ来られないような場所だったので、僕からしてみれば今回はタイミングもよかったのだろう。

そうして夏休みに入るや、なけなしの貯金と夏休み期間の約一か月分の荷物を背負って、親への断りもなく家を出てきた。

……その意気込みはよかったものの。

「田舎度合いを舐めていた……」

「いやー、ここまで遠かったでしょ」

僕の疲弊しきった姿を見て軽快に笑うのは哲也の父、康太(こうた)さんだ。霧山村の最寄り駅に着いてからは、康太さんの車での移動だった。まあ、最寄り駅と言っても、そこから霧山村まで車で一時間半ほどかかるのだけど。

「新幹線で三時間、私鉄で二時間、そして最後の車で一時間半。半日お疲れ様だね」

康太さんが言った経路が、これまでの僕の旅路だった。半日ずっと座りっぱなしだったせいで全身が凝り固まっているし、さほど動いていないのにやけに疲労を感じる。インドア派の僕には堪える距離だった。

車内の人工的なエアコンの冷気が、疲労を蓄積した身体に染み渡っていくのを感じる。

「そうそう、『霧山村』で過ごすうえで言っておかなければならないことがあるんだけど……」

康太さんは警戒の意を込めてか、少し間をおいて続けた。

「村の正面にある、表面が少し剥げた山には立ち入らないようにね」

「剥げた山、ですか」

「そう。『霧山村』は山に囲まれた集落みたいな場所だけど、その周りの山のひとつに少し剥げていて木々の少ない山があるんだ。そこには近づかないようにね」

「了解です」

旅疲れのせいか適当に返事をしてしまう。そもそも、インドアな僕が自ら山に近づくなんてことはおよそあり得ないことで、不要な注意だと言えるのだけれど、どうして大人というものは、こうも子供の好奇心をくすぐるような注意の仕方をするのだろうか。

一応剥げた山というものを頭の片隅に入れておき、僕は旅疲れで重くなった瞼をそっと閉じる。

……そう言えば、僕が昔訪れたときに怪我を負った場所も、そう、たしか剥げている山だったような気がする。そんな曖昧な記憶を夢うつつの頭で想起するが、そんな思考すらも、睡魔の前では無意味だった。

そうして長らく疲れ切った身体を車に揺られていると、僕の逃避行先である『霧山村』に着いた。


「あっつ」

霧山村に足を踏み入れた最初の感想がそれだった。

点々と民家が見えていたり、平地には畑が広がっていたりして、想像通りの田舎を思わせる景色。また、視界の奥には鬱蒼とした森があり、そこから連なる傾斜が山を形成していた。そして、村の正面には確かに傾斜部分の木が心なしか剥げているように見える山もあった。

「やっぱりここ暑いよね」

「はい。緑の多い田舎はもう少し涼しいものだとばかり」

一度訪れたことがあると言っても、そこまで鮮明な記憶はなく、当然温度感なども覚えているはずがなかった。

都会では人の喧騒と、日光に熱されたアスファルトが体感温度を上げているように感じるけれど、ここは純粋に気温が高い気がする。

「周囲が山に囲まれているから、こもった熱気が外に逃げていかないんだ。だから暑いんだよね。まあでも、木陰とかに入ればある程度はマシだから」

なるほど、と頷いていると、小麦色に焼けた肌を日光に反射させた大男が近づいてきた。

男性の平均身長くらいはある僕でも、少し見上げなければいけない長身かつ筋肉質な身体つきの男。その男は軽く手をあげて、ただでさえ目立つ自身の存在をアピールしてきた。

「よう、久しぶりだな弥一（やいち）」

ここに招待した張本人である哲也が僕の名前を呼ぶと、それに続くように彼の大きな背に隠れていた女の子もちょこんと顔を出して「奥村（おくむら）くん久しぶり」と言った。

彼女は哲也の幼馴染であり、一応僕の幼馴染でもある霧山雅（きりやまみやび）。村の名前と同じ苗字であることからも察せられる通り、村を統括している家の娘、村長の一人娘だ。

雅も夏らしいショートパンツから少し日焼けしたしなやかな脚を覗かせており、哲也と並んでみると、なるほど田舎の若者は至って健康そうだという感想にもなる。

僕はと言うと、作曲ばかりしていて進んで外に出ることもなく、屋根の下に入ればクーラーが程よく効いているような環境で育ってきたため、なんというかふたりと比べて貧弱だ。

「久しぶり、哲也に雅ちゃん」

哲也こそたまに都会の方に遊びに来ることがあるから慣れてはいるけれど、雅に至っては幼馴染と言ってもこれで顔を合わせるのは四度目という程度だ。だから、哲也は僕のことを下の名前で『弥一』と呼ぶし、逆に慣れていない雅は『奥村くん』と呼ぶ。呼称というのは人との距離感を定めるのに便利なものだと、そんな意味のないことを思い浮かべていると。

「じゃあ、あとは哲也たちに色々聞いてね」

と、それだけ言い残してここまで車で連れてきてくれた康太さんはどこかへ行ってしまった。

「じゃあ、俺たちもとりあえず家に行くか」

哲也がそう切り出すと三人の足は動き出す。昔もこうして哲也が先導して『霧山村』周辺を探検したなと、懐かしい記憶が蘇ってくるようだった。

ただ実家から逃げ出してきただけだけれど、幼少期に無邪気に楽しんでいた冒険の気持ちをまた体験できたらなと、そう微かに期待していた。哲也というリーダーがいれば、いつだって僕は心を躍らせていたのだから。

そして、原点回帰として戻ってきた僕からしたら、そんな哲也と行動をともにすることは、良い曲を作る足掛かりになる気もして、胸の昂りを感じた。

「ってことで、帰ったら準備を始めるぞ」

「奥村くん着いたばかりで疲れてるだろうから、明日からでいいんじゃない？」

「いいや、もう時間はないんだ。今日から行動しよう」

ほら、またなにか哲也は面白いことを考えている。

「準備ってなんの？」

期待を込めた声音でそう聞くと。

「村の子供を脅かすための、肝試しの準備をするんだ」

楽しい夏が始まる、そんな音色が聞こえた。

# 第一章　眠り姫

「肝試しって山で？」

僕は疑問を零す。

西日は沈み、夜の帳が降りた頃、僕たち三人は山に向かって歩を進めていた。夕食の準備をしていた哲也の母・真知子さんは、肝試しの準備をしに行くという僕たちを見つけると、神社に供えるための地酒を差し出してきた。だからおそらくは山中にある神社へと向かっていくのだろうが……。

「ああ。暗いから足元には気をつけろよ」

「それはいいんだけど、でもさ、今向かっているのって」

そこで言葉を止めると、ちょうど目の前には山道の入り口が見えた。僕らはこれから夜の山に入ろうとしている。それだけでも危ないことのように思えるのに、よりにもよって注意を促された剥げた山なのだ、これは警戒心もあがる。加えて怪我をしたという過去の事実も、そんな警戒心を助長していた。

「親父から聞いてた？」

「ああ、この山には近づかないようにって」

「まあたしかにこの山には村の人間も近づかないほどだからな。でも今の時期だけは例外なんだ」

「例外？」

山道の入り口前に立ち止まると、事前確認としてどうしてこの山がそんなにも煙たがられているのかを軽く話してくれた。

「この山はね、通称『神隠しの山』って言われているんだ」

「なにその物騒な名前」

「そう、物騒なんだよ。俺たちの代にはいないし、もう数十年は出てないって聞いてはいるんだけど、でもこの山では昔から神隠しに遭う人が何人もいたと言われている」

「何人も……」

「ああ。村の人が気づいたらひとり消えていた、とか。逆に、知らない人が唐突に現れた、とか。そういう話」

「なんだかオカルトチックだね」

「オカルトとか言わないでっ！」

どうやら雅はこういった関連の話が苦手らしい。もしかしたら道中も怖くて言葉を発していなかっただけかもしれない。

怯えている雅に哲也は慣れているのか、気にせず話を進めた。

「でも本当に神隠しはあったらしいし、被害に遭った人たちの名前が記載されている文献だってあるんだ」

「ガチなやつだ」

「そういうことだ。だからそれを知ったうえで山に入るようにしてほしい」

哲也の真剣な眼差しの前では素直に頷くしかなかった。

「でもさ、それならどうしてわざわざ危険な山で肝試しなんてするんだ？」

僕の問いに「いいことを聞いたな」と言わんばかりに哲也は得意げに笑った。

「だからだよ」

「と言いますと？」

「この肝試しの参加者は村の子供たち。目的は怖がらせること」

「ああ、なるほど。肝試しを使って恐怖心をこの山に植え付けることで、子供を山に近づけさせないようにするってことか」

「その通りだ」

僕の理解の速さに感心したように頷く哲也。なんとなく幼少期から兄貴っぽさのある哲也に認められたような反応をされると、筆舌（ひつぜつ）に尽くしがたい喜びがある。

と、そう話していると、周囲の木陰からガサッと物音がした。

「ぎゃっ！……びっくりしたぁ」

それにいち早く反応した雅だったが、物音なんかよりも、そんな雅の反応に驚いた僕だった。

「雅、静かにしろよ。雅さの欠片もない奴だな」

「両親からもらった大切な名前を馬鹿にしないでよ!!」

「名前を馬鹿にしているんじゃなくて、その名前に相応しい人になれって言っているんだ」

「余計なお世話よ」

ふたりは一見喧嘩しているようにも見えるけれど、よく見ていると雅をからかう哲也の表情はなんだか楽しそうだし、からかわれた雅も気にしているふうではなくむしろそこには〝いつも通り〟という信頼すらも見て取れた。

そんな気の置けない間柄が、僕には羨ましく映った。恋人、とはいかないまでも、僕にもこういった関係を築けている相手がいれば、それこそ自身の夢を話すことができて、家出をするなんて短絡的な行動には出なかったかもしれない。

「それじゃあ、山に入っていくぞ」

そう言い、哲也が先導して歩き出す。眼前に控える山道の先は闇に包まれて窺えない。背丈の高い木々は威圧感を醸し出しているようで、この山に踏み入るなと言われているみたいだ。まるで未開拓の洞窟内へ探検に行くような緊張の面持ちで、僕は哲也と雅の背中を追って足を踏み出した。

「かなり暗い道だから、足元には十分気をつけるのよ」

僕以上に身体を震わせながらおぼつかない足取りの雅にそう言われると、不思議と気が落ち着いた。

しかし、こうして足元を気にしながら山道を歩くというのは、僅かだけれど昔のことを思い出す。僕が足を滑らせて転落した、というのが事故の顛末だと聞いている。

ただ、それは人伝に聞いた話なだけで、僕自身が覚えているのは、転落している僕を助けてくれた女性のことくらいだった。

『あの海よりもずっと、あの空よりもきっと、遠い場所にいる君へ〜』

女性の口ずさんでいたそのフレーズだけが耳に残っている。場所も、僕の命の恩人である女性の姿もほとんど思い出せないけれど、それだけは強く鮮明に。

この村に、山に来てみれば、その記憶にもなにか刺激が与えられるんじゃないかって、そしたら忘れてしまっていることを思い出せるかもと、期待してしまう。

「僕って……」

昔事故に遭ったんだよね、そう確認の意味も込めて聞こうとしたものの、肝試しの準備に気持ちを向けているふたりを見ていると、それを今聞くのは無粋だなと思い口を噤んだ。

「どうかしたか？」

咄嗟に違う言葉を探すと、身体を強張らせて恐怖に震えているような雅を見て、ひとつ聞きたいことが思い浮かんだ。

「えっと、僕がここに来る以前も哲也と肝試しの準備していたんでしょ？」

「それはもちろん」

「じゃあ、どうして雅ちゃんはそんなにも怖がってるのさ」

「怖がってなんてないもん……」

今でも肩をびくびくさせている雅の弁明には、およそなんの説得力もなかった。

しかしそんな僕と雅の様子を見ていた哲也は、なにを思いついたのか意地悪そうな顔を浮かべて、口を開く。

「雅、実はな、この山には昔……」

「あー！　聞こえない聞こえない！　なんにも聞こえない！」

意識的に低音にした哲也の言葉が耳に届くや、雅は両手で両の耳を塞いで大声を発した。次第に落ち着いてくると、最後には耳を塞いだままその場でしゃがみ込んでしまって怯えの感情を全身で表現しているようだった。

哲也が雅を宥(なだ)めることでようやく落ち着きを取り戻していく。この様子を見て、やっぱり幼馴染の二人だなという僅かな羨ましさを感じる。

「にしても、どうして怪談って夏が多いんだろう」

僕の純粋な疑問に雅は鋭い睨みを効かせてきたけれど、この手の会話を発展させるのは得策じゃないと思ったのか、話題を逸らそうとした。

「階段なんて年中変わるものじゃないでしょ」

「怪談の意味を踏み外しすぎだ」

「階段だけに!!」

そんなふたりの軽快な会話に僕がツッコミを入れることで穏やかな空気が流れ始める。実質、雅の話を逸らすというたくらみは奏功したようだった。

僕としても二人の会話に参加できたことで、僕もまた二人の幼馴染なんだなと、不思議な安堵感を覚えた。

それにしても、ここまで怖がりな雅がよくもまあこの街灯もほとんどない田舎町、もとい田舎村で生活ができているものだ。

「それで、これから肝試しに使うルートを辿っていくわけだが」

話と今までの空気感が途切れたところで、哲也は本題に入った。肝試しの概要の説明や、今日からどういった準備をするのかということだ。

「そもそも、弥一が来るまでに準備の半分以上はもうできていて、これから先は弥一の意見とかを聞きながらしていこうと思ってな」

「僕になにができるかわからないけれど」

「そんなこと言うなって。だからまず、弥一にはしてもらいたいことがあるんだ」

哲也の言葉に首を傾げることで応じると、最初の準備に相応しい答えが返ってきた。

「とりあえず今まで俺と雅で準備してきた肝試しを体験してもらいたいんだ」

だから暗いのが苦手な雅を、わざわざ夜に連れてきたんだ。とつけ加えた哲也は、当の雅の肘打ちを食らっていた。

でもなるほど、それは肝試し準備の初日には相応しい仕事だと、快く首肯(しゅこう)した。

ひとりになった夜の山道は、不気味な空気に包まれていた。

周囲の音はセミの鳴き声と、風にそよぐ木々の葉の音が大半であるのに、そのほとんどが遠くから聞こえる音のようで、妙な静けさがあった。

肝試しのルートはこの山道の一本道で、途中に分かれ道などはないから迷うことはまずないとのことだった。そして肝試しのゴールは山道の最奥、山の中腹あたりにある神社だ。そこまで行って、真知子さんに持たされた地酒を神社にお供えすることでミッションクリア、だそうだ。

哲也と雅は、準備をするから十分ほど経ってから歩き出してほしいと言い残し、山の闇の中へと消えていった。だから、慣れない土地の知らない山に、ひとり取り残されたと考えると、心細くなった。これを年端もいかない子供たちがするというのだから、目的通り相当の恐怖心を与えられることだろう。

「……怖いな」

ボソッと本音が漏れる。

夏のはずなのに首筋を撫でる夜風は冷たく、嫌な汗がじっと流れ落ちる。

しかし、そんな中でも僕はゆっくりと歩を進めた。これは子供たちが安全に肝試しに参加できるようにするためのテスト的なものなのだから、視界の危うい暗闇の中で足元などを気にしながら進む必要があった。足を取られてしまいそうな、隆起した樹木の根や、大きめの石などがある場所には印をつけていって、後日明るい時間にそれらの対処をするとのことだった。

「神社までの山道か……。山道が参道になってるんだな」

くだらない洒落を言っても怖さは紛れなかったので、真面目に歩を進めることにした。

けれど、進んだところで一向になにがあるわけでもなかった。きっとふたりは事前に進めていた準備、要は肝試し用の仕掛けがあって、それで脅かしてくるのだろうと思っていたのに、拍子抜けだ。

僕が道を間違えてしまったのだろうか。しかし、山道は一本道だと言っていたし、僕自身も道を外れたようには思えない。常に足元に意識を集中させていたのだから、分かれ道があれば気づくはずだろう。

「けど、なんとなく違う道に来てる気がするんだよな……」

そう口に出すと、そんな僕の言葉に反応するかのように今まで森の様相を呈していた山道が、徐々に広い場所に開けていった。今までなにも脅かす要素がなかったのだから、ゴールである神社周辺に仕掛けがあるのだろうと意を決していると、そこには僕の予想とはかけ離れた建物の姿があった。

いや、あれを正しく建物、神社と呼んでいいものか疑問を抱いてしまうほどの様相を呈していた。

僕が目指していたはずのそれは、半壊している神社だった。

かろうじで神社の原型はとどめていて、よく見ると社の前には壊れた賽銭箱のようなものも見て取れるが、地酒を供えるような神社ではないことくらい一目でわかった。

ここは哲也たちの言っていた神社ではないと、直感が告げていた。

周囲を見渡してももちろんふたりの姿があるわけでもないし、今までの道程と比べると著しく樹木の数も減っている。おそらくここ周辺がこの山の剥げている箇所、曰く付きの場所なのではないかという疑問が、脳裏を掠(かす)めた。

けれど、僕はどうしてか半壊した神社に近づかずにはいられなかった。

興味や好奇心の類というよりは、気づいたら目の前の建物に引き寄せられているといった感じで。

そうして半壊した神社の目の前まで行くと、その圧倒的な存在感に気圧されるようだった。不気味なまでの威圧感に、全身を駆け巡る「近づきたい」という衝動。

じっくりとその建物を見ていると、外観は半壊しているように見えるが、その社の佇まいはしっかりとしたもので、内にまではこの崩壊の影響はないだろうことが窺えた。

気づけば僕の手には包みから出された地酒があった。思考も、どこにこれを供えればいいのだろうというものになっていて、僕はどうしてもこの神社に供え物をしなければならないという、衝動じみたものに襲われていた。

そして結論は、社の中に供えるのがいいだろう、というもので、およそ常識的に考えても神社の管理をしている家柄の人間にしか手にかけてはいけないのだろう社の扉に、僕は手をかけていた。

ぐっと力を入れて立て付けの悪い扉を徐々に開けていく。長年人の手に触れられていなかったものを開放するみたいに。

そして、最後まで戸を開け放つと。


——そこには、ひとりのあどけない少女が横たわっていた。

頭上に浮かぶ月明かりが少女の横顔を照らしていて、そのあどけなさと端正な美しさを兼ねそなえた顔が晒される。

あまりにも突然のことに硬直していると、僅かに少女の睫毛が震えて、ゆっくりと瞼が開かれる。

「ん、んん……」

寝ぼけ眼を擦り、その大きな瞳を正面に向けると、気の抜けた笑みを浮かべてひと言呟いた。

「おはよ、弥一」

眠たげで少しこもったその声は、けれど僕の耳に馴染み心地の良さを感じさせた。

直感的にこの声が好きだと、その一声に思った。

呟いたのが僕の名前、というのが理解できなかったけれど。

結局、肝試しの準備をすると言っていた哲也と雅はその後一切姿を見せなかったので、勝手に山を下りることにした。

「それに、この子もいるしな」

未だに薄い寝息を立てている少女は、目を覚ましたかと思うとまたすぐに眠ってしまった。起こすのは気が引けたので勝手におぶってきてしまったが、まあ山中に放置しておくわけにもいかない。一度哲也の家まで戻ってこの子の目覚めを待ってから話を聞くのでも決して遅くはないだろう。

華奢な女の子と言っても、人の子ひとりを背負ったまま下山するというのは、思いの外堪えるものだったが、これも運動不足解消のためだと言い聞かせて身体に鞭を打った。そうして山の麓まで戻ると、そこには僕を驚かすために準備に回っていたはずのふたりがいた。なにやら雅の方はご機嫌斜めといった様子だ。

「ふたりはどこに……」

「ちゃんと山道を進んできてって言ったでしょ！」

どこにいたのかと僕がたずね終える前に雅は声をあげた。その雅のことを哲也は咎めようとしないあたり、雅は正当なことを言っているのだということが窺える。

やはり、僕は途中で道を間違えてしまっていて、分かれ道に気づかぬうちに入っていたのだろう。

「一応道を真っ直ぐに進んだつもりだったんだけどな」

僕の言葉を言い訳と取ったのか雅は鼻を鳴らしてそっぽを向く。一方で哲也はそんな僕に対して興味深そうな視線を送っていた。

「まあ今回のことは仕方ないから、肝試しはまた明日にでも体験してもらうってことで。……ところで弥一、その子は？」

やはり哲也の興味は、僕の背で心地の良い寝息を立てている少女に対してのものだった。

「ああ、山の奥にある半壊した神社にいたんだ」

突拍子もないことを言っている自覚はあったが、それ以外に言いようがないのだから仕方ない。僕の態度で嘘を言っているわけではないことを察してくれたのか、哲也はなにも問うことはせず、自身の見解を述べた。

「この子は、『旅人』なのかもしれないな」

「『旅人』？」

「ああ。この山では度々こうして知らない誰かが現れたりするんだ。霧山村では、そんな神隠しに遭って突如現れた人のことを『旅人』と呼んでいる」

僕の眼前では、夕餉（ゆうげ）の準備が忙しなく進められていた。肉や魚の焼ける香ばしい匂いが腹の虫を刺激する。

どうやら一家での食事という感じではなく、血縁関係の近い言わば親戚一同が集まっての会食（バーベキュー）のようだ。総勢二十人は超えていそうで、その人数に伴って次々と料理が運ばれてくる。なにかと騒がしかった雅も今は準備に勤しんでいるみたいで、その仕事ぶりはできる女を思わせた。できる男筆頭の哲也の姿は見えないけれど、きっと食事が始まる頃には戻ってくるのだろう。

　そして僕はというと、「客人としてもてなすための場なのだから今日くらいはゆっくりしていて」という皆の善意のもと、手持ち無沙汰になってしまって、例の女の子の様子を見ているのだった。様子を見ていると言っても相変わらず気持ちよさそうな寝息を立てているだけなのだけど。

「んん……」

　そう思っていると、山で見つけたときからこれまで眠り続けていた少女が微かに身をよじらせた。次第にその動作ははっきりとしたものになっていき、意識が覚醒してきているようだった。少女はうっすらと重たそうに瞼を開くと、次には鼻をクンクンと動かし始める。そして上体を起こすとひと言。

「なにやらいい匂いがするね」

　そんな呑気な言葉を呟くと同時に、それに倣（なら）うようにして呑気な腹の鳴る音が聞こえてきたのだ。

　突如現れた正体不明の『旅人』と思しき少女の人柄を、僕は早くも変に決めつけてしまいそうだった。

「ええっと、おはよう?」

「ん、おはよう」

少女の脳内は食べ物のことで満たされていたようで、声をかけたことでやっと僕の存在を認知してくれたようだ。

艶やかな長い黒髪を揺らして、辺りを認識してるようだった。こう見ていると、非常に整った顔立ちの子だなと、感心するほどだ。

「君は、どうしてここにいるのかわかる？」

「私はどうしてここにいるんだろう？」

聞き方が悪かったか。今までずっと眠っていて僕がここまで連れてきたのだから現状を把握しきれてはいないのだろうと、そう思い聞き方を変えてみる。

「今まで自分がなにをしていたか覚えてる？」

「今まで私はなにをしていたんだろう？」

けれど、少女は心ここにあらずといった様子で、僕の質問には相槌を打つ程度だった。

「どうして夜なのに山の中にいたの？」

「どうして夜なのに山の中にいたんだろう？」

そんな彼女の視線を追っていくと、そこには魅力的な数々の料理が。ついには皿を持ってきて料理を盛りはじめてしまった。

「はい、これは君の分ね」

「あ、ありがとう……じゃなくて！」

マイペースすぎる彼女の在り方に、危うく流されそうになるもののなんとか留まる。

こんなやり取りを続けていても埒が明かないので、単刀直入に気になっていたことを聞くことにした。

「どうして僕の名前を知っていたの？」

「え……？」

神社で、僅かの間ではあったものの目を覚ましたこの子は、僕を見るなり「弥一」と言ったのだ。ここまで珍しい名前を偶然呼ぶということの方が考えにくい。だったらどうして僕の名前を知っていたのだろうか。

「さっき、僕の名前呼んでたからさ」

「…………」

「…………」

「……えっと、君は、誰？」

きょとんとした様子を見るに、本当に僕のことがわからないと見える。先ほど僕の名前を呟いたのは、聞き違いかただの偶然だったのか見当がつかなくなってしまった。

「僕は奥村弥一。偶然君のことを山の奥の神社で見つけて、夜の山は危ないから勝手に背負ってきちゃったんだけど、大丈夫だったかな」

「えっ⁉ 重くなかった……？　でも、本当にありがとう」

そう言うや、少女はおもむろに体勢を落としていくと、淀みのない所作で手と両膝を地につけ低い姿勢でお辞儀をした。それはまるで、名旅館の女将さんのするような洗練されたものであり、奥ゆかしさがあった。

そんな動作に驚きつつも、立ち上がった少女は平然としているので、僕も特に言及することはしなかった。

「奥村くん、でいいかな？」

「ああ……いや、弥一、呼び捨てでいいよ」

「そっか、なら弥一と呼ばせてもらうね」

見たところは僕と同じか少し下くらいの年齢の普通の女の子に見える。強いて言えば身に纏（まと）うものが着物っぽい服装なのが珍しくはあるものの、この子の着物姿に違和感の類は一切なく、着慣れていることが窺える。そのうえ、『霧山村』の女性陣には普段着が着物という人もいるみたいだから、変に浮いているということもなかった。

最も、この子が『霧山村』の人間かどうか定かではないけれど。

「それで、君はどうして夜に山奥の壊れた神社になんていたの？」

「うーん、どうしてなんだろう。私はなにをしていたんだろう。というか……」

そう言って区切ると、次には思いもよらぬ言葉を発した。

「私って、誰？」

……夜の山奥の神社で見つけた少女が記憶喪失だなんて、そんな摩訶不思議と僕は遭遇してしまったというのだろうか。

しかも村を訪れた初日の夜だというのだから、そんなのは運命のいたずらで僕のことを面倒ごとに巻き込もうとしているようにしか思えない。

でも僕が見つけたことなのだから、最後まで付き合わなければいけないと、半ば自分の中で納得しかけているあたりが、僕の弱い部分だなと痛感する。

「なにか覚えていることはない？」

「覚えていること……覚えていること……」

少女は何度もそう呟くと、なにかを思いついたのか「あっ」という声をあげた。

「曖昧ですごく申し訳ないんだけど、私はきっと、なにかをしなくちゃいけないんだ！」

「なにをしないといけないの？」

「なにかをしないといけないの！」

本当に曖昧このうえない答えだった。

「あと、私の名前」

「名前を思い出せたの？」

「下の名前だけ、だけど」

少女は居住まいを正して、片手を胸元に添えると、恭（うやうや）しく自身の名を名乗った。

「私の名前は結（むすび）。人と人とを結ぶ、縁結びの結だよ」

それは、どこか不思議な自己紹介だった。自分の名前を慈（いつく）しんでいるような、なにか特別な想いを込めて、自分の名前を口にしているような、そんな神聖なものにすら見えてしまうものだった。

恭しくなされた一礼の所作は淀みない。頭をあげるときに艶やかな長い黒髪は弾み、幼さと淑（しと）やかさが同居した端正な顔を見せる。

「私にはきっとなにかしなければならないことがあって、名前は結。それだけだよ」

「それだけか」

少女、結の様子と、最後に薄く浮かべた笑みを見て、僕は同じ言葉を繰り返すことしかできなかった。自己紹介を述べた結にはどこか強い意志が感じられたからだ。なにかの使命を背負っているかのような。

周囲では会食の準備が進められている喧騒の中、結の周囲だけは現実と隔離されているような感覚に陥り、僕の視線は、笑った際に動く結の繊細そうな頬の動作や細められた瞳へと集められていき、そこから離せなくなってしまった。

つまり、僕はたったひとつの自己紹介に、見惚れてしまっていたのだった。

「どうかした？」

「い、いや、なんでもないよ」

見惚れていました、だなんて素直な言葉を述べることなんてできるはずもなく、動揺から視線を泳がせる。すると後方から駆け足で近寄ってくる雅の姿が見えた。

「ご飯の準備できたから呼びに来たんだけど、その子目を覚ましたんだね？」

心底安堵したように胸を撫で下ろす雅を見ていると、本当に心配していたのだということが窺える。そんな気遣いができる人だという側面に、彼女の人の良さが感じられた。

「そうなんだ。目を覚まして話を聞いていたところだったんだよ」

「じゃあ、なにかわかったの？　少なくともこの子は『霧山村』の子ではないと思うけど。こんなにも小さくて辺境の村なんだから、同年代の人くらい皆覚えているもの」

期待しつつもなんとなくは察していたが、やはりこの結という名の子は、『霧山村』の住民ではないらしい。

「ああ、名前はわかったけど……。まあなんて言うか、なにもわからないってことがわかった、かな」

曖昧な情報しか持ち合わせていなかったせいで、返答も酷く曖昧なものになってしまった。

　すると、会話の中心人物である結は僕の隣へと歩み寄ると、雅のことを見据え、またも先ほどと同様の所作で名を紡いだ。

「私の名前は結。人と人とを結ぶ、縁結びの結だよ」

「…………」

　もはや洗練されたと言っても差し支えない名乗り方は、雅にとっても惹きつけられるものだったようで、雅は心も言葉も奪われたと言わんばかりの呆けた表情を浮かべていた。ぼんやりと「雅さで完敗した……」と謎の敗北感に打ちのめされているようでもある。

「と言っても私が覚えているのは自分の名前くらいなんだ。素性がわからなくて……」

「えっ、他にはなにも覚えていないの？」

「そうだね、なにかやらなければならないことがあった気はするんだけど、ちゃんと覚えているのは結という名前だけ、かな」

　そう言うと「えへへ」と照れたように苦笑した。

　結の言葉の意味を丁寧に汲み取るように腕を組んで唸っている雅だったが、脳内の整理ができたのか、はっと顔をあげると、

「……じゃあ、記憶喪失ってこと!?」

と、やはり雅さに欠けた反応を示したのだった。

大きな声で発せられた不穏な単語は、会食の準備を終えた人たちにもたちまち広がっていき、ひとりまたひとりと村人が寄ってくる。結という少女への好奇心は、皆が持っているようだ。

『旅人』なのかもしれないこと、身寄りのないこと、そういった事情で村のお偉いさんたちは、おそらくは警察などに連絡していたみたいだった。近辺の警察は神隠しの言い伝えのある『霧山村』には理解があるようで、大事にはなっておらず、むしろ一時だけでも身柄を預かるという姿勢を示していた。人情に厚い村のようだ。

そんな村の人たちとの会食が始まり、新しいものを楽しみにしていた彼らにとって、僕と結は、常に話の中心に据えられることになった。特に結への興味は抜群で、村人は大半が『初めて見る旅人だ』と言って持てはやしていた。

どうやら『旅人』と呼ばれる神隠しに遭った人は、ここ数十年ほど現れていなかったようで、村に代々伝わるおとぎ話を目撃したような気持ちだったらしい。結の整った風貌も、その興味に拍車をかけているようだった。

先ほどまで走り回っていた少年や、お腹に子を宿した女性、杖を突いている腰の曲がった老人まで、様々な人が結に声をかけていた。興味の的になっている結は記憶が欠如しているためか「なにも覚えていないんだ」としか返答しないものの、その場の空気感は至って楽しそうであった。誰もが笑みを湛えていて、結を中心に穏和な雰囲気が漂っていた。

元々会話をしていた僕と雅はすでに蚊帳の外だ。

「すごいな……」

彼女の人となりがこの様子を見てわかってしまう。物腰の柔らかさと弾けるような笑顔は見る人を穏やかな気持ちにしている。そのうえ先ほどまで腹の虫を鳴らしていたはずなのに、結は人々に話しかけられている間は一切食べ物を口にせず、手に持つ皿に盛られた料理は一向に減っていないようだった。それでも嫌な顔ひとつしていない。

「親戚として来ている僕よりも、ずっと打ち解けているじゃないか」

苦笑とともにそんな呟きを零す。

「ほんとに。今日の来訪を予め言っていた奥村くんが全然興味持たれていないものね」

「本人が気にしていることをそんなに直接言わないでもらえる!?」

先ほどまでの腹いせか、雅の言葉は酷く鋭利なものだったけれど、でもその通りだった。きっと今日のこの会食では、今の結の立場に僕がいるはずだったんだろう。でも、それをすべてかっさらってしまうくらいには、結という女の子には愛嬌と人を惹きつける空気があった。

けれど、結の周りはなにやら騒がしそうだ。盛り上がっているというのもあるが、それだけでなく不穏な空気だ。

「喧嘩でもしてるのか……？」

「多分あれね。結ちゃんに質問する順番とかで揉めているんだと思う」

それはまた、なんとも平和な揉め合いだった。

けれど、そんな結は周囲の様子に困っているようだったし、なにより腹を空かせていたはずの結の持つ皿には、一向に減っていない料理の山があった。

「なんか困ってそうだから、声かけてくる」

そうして僕は結のところまで歩み寄り、助け舟を出してやることにした。

「ちょっとこの子お借りしますねー」

人の間に割って入り、彼女の手を引く。結も僕の行動に逆らうことなく人混みから逃れ出ると、一度大きく息を吐いた。

「ふぅー、助かったよ弥一。私はもう、お腹ペコペコでさぁ」

そう言うと同時に今まで堪えていたのか大きく腹の音を響かせると、皿のうえに載せてあった肉を大きな口で頬張った。

やっとのことで食にありつけた結だったが、咀嚼（そしゃく）を繰り返す度に顔を歪めていき、勢いよく飲み込むと心底悲しそうな声を発した。

「料理が冷めてる……。お肉が硬くなってるー！　美味しそうだと思って確保していたお肉なのにー」

それは空腹を我慢していた彼女の悲痛な訴えだった。涙目でこちらに視線を投げかけてくる。

けれど、どうしてかそんな結の反応がおかしくて、ふっと吹き出してしまった。

「なにを笑っているんだ!!」

「いや、ごめんごめん。ちょっとおかしくって」

尚も腹を抱える僕の肩を、結は「馬鹿にして！」と叩いてくる。

結局、もう一枚肉を焼いてもらえるように言ってみるよ、と約束して許しを得たのだった。

「お、その子目を覚ましたのか」

そこに、今まで姿が見えなかった哲也が顔を出した。

「哲也どこ行ってたんだよ」

「まあ野暮用ってやつ」

曖昧に返事をすると、哲也は結に向き直った。

「ええっと、俺は谷岡哲也だ」

「初めまして、だね。私の名前は結。人と人とを結ぶ、縁結びの結だよ」

例のごとく定型の言葉を紡ぐと、丁寧な一礼をした。

「結、さん。よろしく」

少し言葉に詰まったような哲也に視線を向けると、僅かながら驚きの色をその瞳に含ませていた。

「ああ、よろしくね。哲也くん」

ふたりの間には、物言えぬ空気感があったけれど、しかしそんなことを気に留める暇もなく、哲也は踵を返してしまった。

「結さんは当面の間、雅の家に世話になってくれ。弥一は予定通り俺の家な」

それだけ言い残して、哲也は料理に一切手をつけずその場から去っていった。どうやら、今まで結の身柄をどうするのかを相談していたらしい。言われてみれば雅の父である村長の姿も見えない。

「だって、みゃーちゃん」

「み、みゃーちゃん?」

「雅っていう名前なんでしょ?　じゃあ、その頭文字ふたつの〝み〟と〝や〟をとって、みゃーちゃんだよ」

「う、うん。わかるんだけど、みゃーちゃん……」

「これからよろしくね、みゃーちゃん」

満足げに頷く結と、複雑そうな表情を浮かべる雅。どちらかというと雅の方が大人っぽいからこそ、雅本人はお姉さん感を出そうと思っていたのだろうけど、それは失敗に終わったようだった。

それからはまた食事に戻って、村の人たちと盛り上がった。

最終的には結だけではなく僕までもが話題の中心に据えられて、色々な話を聞かれたりもした。親戚といってもかなり遠く、血の繋がりもないに等しい人ばかりで顔を知っている人すらろくにいなかったけれど、この村の傾向なのか外からくる人への情に厚く、住民の人柄の良さが感じられた。きっと村全体がそういった温かな人情に満ちているのだろう。

あるお爺さんの言葉を拝借すると、この外部の人間への恩情の厚さは、神隠しの逸話が発端らしく、『旅人』をもてなすことが風習のひとつなのだとか。

会食がお開きとなり、人々はぱらぱらとに自宅へと戻っていく。

その住居のひとつひとつが大きいものだから、都会に慣れた僕からしてみればその広さだけで贅沢なものだった。

「結、体調とかは平気？」

「うん、平気だよ。ご飯もばっちり食べられたからむしろ元気なくらい」

気になって、人が散っていく広場の中で僕は問いかけてみた。

出会ったばかりだと言っても、僕はどうしてか結に対して妙な親近感があったし、だからほうっておけないのだ。

「村のみんなはいい人ばかりだね。なにも覚えていない私にさえ優しくしてくれるんだから」

「そうだね」

「でも弥一はこの村の住人じゃないんだよね？　他の人がそんなことを言っていた気がする」

「まあ、そうかな」

一応血縁関係としては繋がりはあるけれど、住人でないことはたしかだ。だからと言って家出してきたんだとも言いづらくて、そんな曖昧な相槌になってしまった。

「だから私と一緒に話題にされてたんだ」

「みたいだね。来客が少ないみたいだから、もてなしてくれているのと同時に面白がってもいるみたい」

「そっかー」

そんな緩い会話を続けているが、結は今日突然ここに来たのだから僕とはまるで違うはずだ。僕のように予定も身支度もなしに訪れて記憶も大半を思い出せないとなると、どう声をかけていいか迷ってしまう。

「あー、えっと……。結はこれから、つまり明日からどうするかとかは聞いてる?」

「当面の間は私の面倒を見てくれるってことだけは聞いてるよ」

本当に助かるよ、そう結は呟いた。

きっと村もしばらくは様子を見ようという意見でまとまったということなのだろう。最近ではその事例はなくなったとはいっても、神隠しという非科学的な現象を村のみんなが理解しているようだ。おそらくは『旅人』が訪れたときの対処の仕方なども、言い伝えられているのかもしれない。

「じゃあ、せっかくだから明日からなにか楽しいことをしようか」

「楽しいこと!」

「そうそう。学生である僕たちはこの夏休みを謳歌すべきなんだからさ」

「学生……。そうだね!」

いくら記憶が思い出せないと言っても、結の容姿は明らかに同年代だ。多少僕とは前後していたとしても、学生という枠から外れるほど歳の差があるとは思えない。

きっと結も夏休みだろうし、当分はこの村に滞在するのなら仲良くなりたいと思った。

気さくで愛嬌があって可愛くて。そしてなにより僕は結の声が好きだった。それこそ、僕の作った曲を歌ってほしいなと、そう思うくらいに。

それでも出会ったばかりで自分の夢を語るというのは少し抵抗があった。両親に夢を否定されてここにいるのだから、もしかしたらこの子にも否定されてしまうかもしれない、そんな思考が頭をもたげる。

「きっと哲也が楽しいこと考えてくれているから」

結局僕は考えを口に出すことはせずに、明日からの日々に期待を膨らませた。せっかく一緒にいるのなら結にも楽しんでもらいたいから。

「楽しみにしてるね！」

そう言って彼女は世話になる雅の家へと足を向けた。

谷岡家に帰宅した僕は、真知子さんに促され入浴などの就寝の準備をする。なかなか哲也は帰ってこないけれど、それはよくあることだそうなので、勝手に床に就いた。

「ここまで田舎な村に、夜遊びに行ける場所があるわけでもないし、まだ村長さんと話してるんだろうか」

哲也のことは気になったけれど、それは明日聞けばいいか、そう思い重たくなってくるまぶた瞼に逆らうことなく目を瞑る。長旅から会食まで、色々あった一日だから相当身体は疲れているのだろう。布団に沈んだ身体はもう僅かにも動きそうになかった。

そういえば、あの子。結は一体何者なんだろう。そんなぼんやりとした思考を浮かべながら、僕の意識は夢に落ちていった。

「哲也ー！」

視界の中で、僕は哲也を呼んでいた。僕自身が呼んでいるはずなのに妙に他人事で、また勝手に足が動いているようだった。視界もやけに低く、いつもとは世界が違って見えた。

「弥一遅いぞ！　そんなんだと置いていくからなー！」

「奥村くん、頑張って！」

哲也と雅の背中が離れていかないようにと必死に追いかける。鬱蒼とした木々と、それらの葉の間から零れる日の光の間を、ただひたすら必死に駆ける。

哲也も雅も、そしてきっと僕も。三人とも随分背が低い。だからか、周囲の木々がやけに大きく感じられた。

足場の悪い山道を真っ直ぐに進んでいく。山に囲まれて生活している哲也や雅は足取りも軽く、対して僕はふたりに置いていかれないようにするだけで精いっぱいだった。肩で息をしながら、それでも山の中に取り残されたくない。という一心でついていく。

文字通り一心不乱に足を動かしていると、唐突に目が眩んだ。どうやら開けた場所に出たみたいで、日光が眩しさのあまり目を瞑ってしまったようだ。

「どうだ」

哲也は自慢げにそう言うと、僕の方に視線を向けた。

息を整えていくと次第に感覚は冴えてくる。意識してみるとべっとりと汗で背に引っ付くシャツも、首元を撫でる潮風も、夏らしさが感じられて清々しい。

潮風……？

哲也の促しに倣って視線を先に向けると、そこには霧山村全体と複数の山々、そしてその先に広がる海が見えた。

どうやらここは、見晴らしの良い高台のような場所みたいだ。

「すごい……」

思わず感嘆の声をあげる。海に日光が反射して海面が輝いている様は、都会で偶然見られた海とはまるで違って、宝石のように輝いていると思った。

「ここは俺たちの秘密の場所なんだ」

「他の人には内緒だからね？」

哲也と雅は互いに我が物顔でこの景色を自慢する。僕も、ふたりの秘密の場所に踏み入ったことで繋がりを強く感じ、充足感を覚えた。

高台にはふたりが持ち込んだのであろう遊び道具があり、その場所を秘密基地みたいにして日が暮れるまで過ごした。

楽しかった、ワクワクした。慣れない山道を登ることも、果てしなく続く海の輝きを見られたことも、秘密基地みたいな場所で好きなだけ遊べたことも。だから、僕を含めた三人は雲行きの怪しさになんて気にも留めなかった。

ぽつりと、唐突に鼻先に雫（しずく）が滴った。

それをきっかけにひとつまたひとつと降りかかる雫の数は増していき、気づけばそれは雨へと変化していった。

雨天の山は危ない、それを周辺に住むふたりは熟知していたし、僕も本能的に危ないことだと警鐘を鳴らしていた。だからだろうか。危ないという認識があったからこそその場で焦ってしまったのか。

どうにか早く下山しないと、という逸る気持ちが三人の判断を鈍らせた。

ぬかるみに足を取られた雅の重心が後退し、ちょうど後ろにいた僕は雅と接触しないように一歩足を下げる。下げた、のだが。

下げた足は地を踏めずに空を切った。

「え？」

直後、視界に映ったのは雨の降りしきる真っ黒な空だった。そして急に重力に吸い込まれるように、僕の身体は落ちた。

詳らかに言えば、高台から踏み外して、山の急斜面へと降下していったのだ。

最後に聞こえたのは、雅の甲高い悲鳴と、哲也の必死の叫び声、そしてもうひとり、誰かの……。

# 第二章　空白の四日間

翌朝、用意してもらった朝食を摂り終えると、いつの間にか帰っていた哲也に「今日は昼から肝試しの準備をする」と言われた。

言われたように山の入り口にやってくると、そこには哲也の他に雅と、そして結の姿もあった。軽く手を振って迎え入れてくれる一同だったが、結の馴染み方には驚きっぱなしだ。結もふたりと同じ幼馴染なのではないかと疑いたくもなるが、実際は昨日が初対面なのだから感心してしまう。

そして、僕には、着物ではないおそらく雅に借りたのだろう私服姿の結も新鮮に映っていて、その愛らしさにも口を噤んでしまった。

「おはよ」

口々に挨拶すると、主催者である哲也が今日の肝試しの準備の趣旨を伝えた。

「今から肝試しの準備をしていくが、半分以上の準備は終わっている。だから今日は残りの細かな作業と、昨日の夜にできなかった予行練習を体験してもらいたいんだが」

「構わないよ」

僕がそう返すと、雅も賛同の意を込めてひとつ頷く。そして結はというと、僕になにやら耳打ちしたいようだ。

少し小柄な結の身長に合うように身を屈めて耳を寄せると、結はこそっと聞いた。

「肝試しってなに。怖いやつ?」

「そうそう、怖い場所を回っていくやつ」

「そうなんだ」

肝試しを知らない人もいるもんなんだなと思いつつ、結の哲也に対する疑問に注目する。

「哲也くん哲也くん、どうして肝試しなんてするの？」

「なに、怖いのか？」

「いいや、そういうんじゃなくってね、どうしてわざわざ危ない夜の山でそんなことをするのかなって、純粋な疑問だよ」

肝試し開催の理由を知らない結からしたら、当然の質問だった。

「だからこそだ。この肝試しは村の子供たちに向けて行われるものなんだが」

うんうん、と結は続きを促す。

「山は危ないところだし、夜なら尚更。そのうえこの山には『神隠しに遭う』なんて物騒な言い伝えまである。だからこそ、幼少期に山で怖い経験をしておけば潜在的に入ってはいけない場所なんだと認識する。そう考えてこの村では数年に一度肝試しをやっているんだ」

「なるほどね」

「そう。だから今では大人を含めてもこの山に近づく人はほとんどいない」

「誰も近づかない、か……」

　そう呟いた結は神妙に頷くと、

「ぜひ、私にも手伝わせてほしい！」

　と力強く言った。

　それはどうしてか切実な言葉の響きにも聞こえたが、結の姿を窺うも視線が交わると笑顔を貼り付けて「がんばろ！」と小声で言われてしまう。

　結の表情になにか引っ掛かりを覚えながらも、具体的な言及はできなかった。

　主な準備は、第一に安全の保障が必要だから子供たちが進む道の足場の徹底的な管理から始まる。そして、僕らが仕掛ける側の道の確認や、仕掛ける道具の確認など。

　子供向けの肝試しにしては思っていた以上に大掛かりなもので、それに比例して作業の量も多かった。

「子供たちの肝試しにしては凝りすぎてないか？」

　高校生の僕が体験してもある程度怖そうな仕掛けの数々を見ていると、そう聞いていた。

　しかし聞かなかった方がよかったと言うべきか。哲也は悪い顔をして、

「やるからには最高に怖がらせてやろう、ってな」

　とやけに気合が入っていた。

哲也の様子を見て少し呆れたようにため息を漏らす雅に、哲也がここまで力を入れている理由を聞いてみる。

「哲也、どうしてここまでやる気なんだ？」

「ああ、それね。奥村くん覚えてない？」

「どういうこと？」

「昔、奥村くんが村に遊びに来たときにも肝試しやったんだよ」

そう言われれば、そんな気がしないでもないが、あまり記憶になかった。

「まあ、そのとき奥村くん怪我しちゃってて参加しなかったから覚えていないかもしれないね」

僕が怪我をしていた、ということはしっかり覚えている。そのときの経験があって今の僕の夢、両親と食い違って家出するまでに発展しているわけだし。そんな記憶を思い起こしている僕なんか気に留めず、雅は話を進める。

「そのときの肝試しが本当に怖くてさ、私は泣き出すし、哲也は腰を抜かすしで、大人が手加減しなかった肝試しをずっと根に持っているのよ」

「お前はあれをきっかけに怖いのが苦手になったんだもんな」

そう口を出してきた哲也に雅が「うるさい！」と言っている光景は、もはや様式美になりつつある気がした。

「みゃーちゃん、怖いの苦手なんだー？」

ただ、そこに新たな加勢が入るとは思っていなかったらしく、哲也に突っかかりながら結にも反応する。

「結ちゃんまで……」

これは乗らないわけにはいかないと、僕も口を開きかける。

「雅ちゃん、怖いん――」

「奥村くんは黙って」

辛辣（しんらつ）な雅だった。

しかし、子供ながらにも頼もしかった哲也が腰を抜かすだなんて、どんな仕掛けを大人たちは用意していたのか、むしろ知りたくなった。

でも、その腹いせで新たな子供たちが犠牲になろうとしているわけか。そう思うといたたまれなくなり、当日は僕くらいは子供たちに助け舟を出してやろうとこっそりと決めた。

山に入り作業を進めているが、割と大掛かりな仕掛けはものの量が多く把握するのも一苦労だ。

しかし、そんな作業量の中、肝試しの準備に乗り気になった結の行動力には目を見張るものがあった。すべての準備に率先して参加し、あちこちを駆け回っている。

「結はどうしてそんなにやる気があるんだ？」

僕もそうだけど、結も同様に昨日からこの村にお世話になっている身だ。もちろんお世話になっているからこそ、手伝えることに対してやる気になれるのはいいことなのだろうけど、結の気持ちの入れようはなにか特別な思いが感じられるものだった。

「正直理由はわからないんだ。私は今三人にも村の人たちにもお世話になっている身だから、協力できることはしたいという気持ちはもちろんあるんだけど、でも一番の原動力は衝動、かな」

「衝動？」

「うん、私はきっとこの手伝いをしなきゃいけないんだなっていう、理由もわからない衝動。きっと私のやらなくちゃいけないことになにか関係があるのかもね」

屈託のない笑顔でそう言った結は、また準備に動き出していってしまった。

結についてはわからないことが多すぎるし、知りたいことも尽きない。けれど、彼女は記憶を失っているから、それを知るすべは、今はきっとない。だから僕が今最も結について知りたいことは、『記憶喪失なんて状態で、どうしてそこまで平静を保っていられるのか』ということだった。

けれど、あんなにも健気な言葉と笑顔を向けられた手前、そんな無粋なことを投げかけるなんて、できようもなかった。

それから各自哲也の指示の通りに準備を進めていった。山の地理をある程度理解できてしまうほど歩き回っていると、足りない資材があったり、真夏の昼間からずっと外で動いていた疲労で、一度山を下りることになった。

「疲れた～」

結が声をあげると、それに続いて雅と僕も「ほんと疲れた」と零す。

「いやでも、結ちゃん本当に動きっぱなしだったからね」

「結さんは働き者だな」

口々に褒められた結は、元々暑さで火照っていた頬をさらに赤くさせた。

「そんなに褒められても、なんて言えばいいのかわからないよ～」

結の素直な反応を見て、僕を含めた三人は穏やかな心地になる。

恥ずかしさから目を泳がせていた結は、その視界の端になにかを捉えたのかそちらの方向に向かって声をかけた。

「おーい、おじいさんー！」

遠目には散歩でもしていたのか、初老の男性の姿があった。なんとなく見覚えがあるので、きっと昨日の会食に同席していた人なのだろう。

「おお、結ちゃんじゃないか」

と、男性も結の呼びかけに快く応じてくれて、軽く談笑を始めてしまった。

「結は本当に人との関わりが上手いよなぁ」

昨日から、結という女の子を見ていてコミュニケーションという点においては感心しきりだ。嫌味のまったくない性格がそういった交友関係を可能としているのだろうか。

「でも、結ちゃんってどこから来たんだろうね……」

「そう、だね」

雅は本人には言いづらいけれど、やはり気になって仕方がないようだった。結という少女がどこからきて、なぜ現れたのか。彼女が言い伝えの『旅人』なのか。

「哲也はどう思う？」

「ああ。……なにもわからないが、それでも『旅人』の可能性は大きいと考えている。夜の山に突如ひとりの少女が現れるなんて、そんなオカルトじみた話は普通信じられないし、説明もできないけど、『霧山村』ではそれを一応説明できて認められてしまう風習があるからな」

「やっぱりそうなのかな」

哲也の言い分は最もだった。

『旅人』。それは神隠しに遭って、いきなり現れた人のこと。

じゃあ、その神隠しってなぜ起こるのだろう。神隠しに遭う人はどこからきているのか、神隠しに遭うのがその人でなければならなかった理由があるのか、人為的に起こせるのか。思考を重ねるごとに、謎も比例するように蓄積されていった。

結も談笑から戻ってきて、一行はまた歩を進める。

なにやら哲也は「コンビニに向かっている」と言っていたが、歩いているのは村の中であって、そんな現代的な施設なんてある気配もない。

「本当にコンビニなんてあるの?」

いつでもなんでも揃っていて買えてしまう、そんなコンビニエンスなストアが、こんな山と木々一色の村にあると言うのだろうか。

「ある。というかきっと都会のコンビニよりよっぽどすごいぞ、あれは」

雅も何度も頷いている。

そこまで言うのなら、本当にすごいコンビニがあるのだろうと期待に胸が膨らんでしまう。

「コンビニってなに?」

結からの疑問は根本的なもので少し笑ってしまいそうになった。今の質問で、きっと結がこの村か、それ以上に田舎な場所の出身ということがわかった。むしろコンビニのことを知らない人がいるのだという驚きすらあった。

「なんでも揃っている国民の味方のお店だよ」

酷く抽象的な言い回しだけれど、僕はそのくらい日々世話になっているお店だからこそ、味方という言い方になってしまうのだ。

「じゃあ私の味方でもあるってことだね。それは楽しみだ」

言葉通り、結も期待を膨らませて弾んだ足取りで歩いている。

そんなやり取りをしているうちに、どうやら目的地に辿り着いたようだった。ようだったというのは、その外観じゃまずコンビニとはわからなかったからだ。

「着いたぞ」

ここがこの村、というかこの近辺唯一のコンビニだった。

村の一角にある、大きめの住居の前には『こんびに』と平仮名で店名が書かれた看板が立っていて、その主張の強い看板に面食らってしまう。

「ここが……」

「コンビニ……」

僕と結はその店構えの強烈さに気圧されて生唾を呑み込む。

その住居の玄関先はかなりの広さがある。本来であれば違うことへの用途の空間なのだろうけど、目の前に広がるのは単純なものの羅列だった。

それこそおにぎりやパンはもちろん、コロッケなどの揚げ物や品揃え豊富な飲み物まで選り取り見取りだ。飲食物に留まらず、日用品もコンビニと比べ物にならないくらい揃っているし、僕には皆目見当もつかない様々な分野の専門的な道具まで置かれているみたいだ。そしてなにより僕らの目を惹いたのは、レジ台付近に置かれているある機械だった。

「かき氷機……」

汗を拭うことも忘れてその機器を見つめる。それが魅力的に映ったのは僕だけに限った話ではなく、その場の全員の考えが一致したようだった。

足りなくなった資材を購入すると、四人してレジの方まで駆け寄り、雅が代表となって口を開いた。

「おばあちゃーん！　かき氷お願い！」

雅のその大きな声が店内に響き渡ると、それから十数秒後には奥からひとりのしわがれた声の女性が顔を出した。

「ほっほっほ、かき氷だね。四人でいいのかい？」

人数を確認すると、店主と思しきおばあさんは腕を捲り、かき氷機の前で気合を入れた。そして次には目にも止まらぬ速さでかき氷機を手動で回している。瞬く間に一杯のかき氷が製造されてしまって、その手慣れた氷捌きは圧巻だった。

「ほい、ひとり目じゃよ。味はなにがいいかね？」

一番近くで氷捌きに見入っていた僕が、一杯目の客と認知されたみたいだった。

「じゃあ、ブルーハワイで」

「その心は」

「そ、その心、ですか」

まさか味の決め手を聞かれるとは。

「えっと、なんとなくですけど、その真っ青で身体に悪そうな色味が美味しそうに見えるんです」

そう、思っていることを素直に述べると、後ろに控えていた雅は「ええ、嫌な理由」といちゃもんをつけてきた。けれど、おばあさんは「面白い！」と強く頷いてくれて、たっぷりのブルーハワイをかけてくれたのだった。

「すぐ溶けちゃうから、他の人待たずに早く食べちゃうんだよ」

そう促され、僕はスプーンを持つ。ひとり先に食べてしまうのは申し訳ない気持ちもあったが、それでも火照った身体はこの食べ物をどうしようもなく求めていたので、抗（あらが）うことなく口に運んだ。

「…………っ!?」

口に入れた瞬間、それが従来の僕が知っているかき氷とはまるで別のものだということがわかった。まるで、積もりたての軽い雪を食べているような、そう、つまりふわっふわなのだ。夏祭りの屋台で食べるものとも、全然違っていた。

僕の反応を、かき氷を削りながらも確認していたおばあさんは、満足したように微笑むと「やっぱり手で削ると美味しいからねぇ」と言った。

多分それは、手で削るからというよりは、おばあさんの削り技術が達人の域に達しているだけだと思うけれど。

僕がスプーンを進めているうちに、次々とかき氷は完成していく。かき氷の味を見ているだけで性格が出るなぁと思えてくるものだから面白い。

あの逞しい哲也はまさかの『イチゴ味練乳たっぷり』を注文し、そのギャップに驚かされたり、はたまた雅は『みぞれ』を頼んで通ぶっていて、変なところで鼻を伸ばしていたりもした。そして結は。

「それで結ちゃんはなににするんだい？」

「おばあさんも私のことを知っているの？」

「もちろんだとも」

もう結のことは、この村中に知れ渡っているのかもしれない。『旅人』だという疑惑があるから注目の的になる、というのももちろんあるだろうが、それでも結という女の子の人柄が、こうして早くも村の人に認知されて好かれていっているというのも、やっぱり事実なのだと思う。

「それで、味はなにがいいかい？」

「うーん、そうだねぇ」

結は首を捻って迷う素振りを見せると、決めたとばかりに勢いよくおばあさんの方に向き直った。

「『雪』、でお願いするよ！」

「『雪』を知ってるのかい、結ちゃん」

「私の大好物だよ！」

かき氷の味に『雪』とは、初めて聞いたものだった。哲也もどんなものか興味を持っているみたいだし、雅に至っては通ぶっているのだから自分を越されたという感覚に陥って悔しんでいそうだ。

「ほっほっほ、久しぶりに『雪』を振る舞えるのかい。それは気合が入ってしまうのう」

そう言うと、おばあさんは削り途中だった氷を全部捨てると、裏から新しい氷を持ってきた。その氷には空気が入っておらず、完璧に透明なもので、それだけでまたひとつ今までのかき氷とは違う空気感があった。

そして、おばあさん渾身の氷捌きで削りきると、最後にシロップの代わりに特製の粉砂糖を振りかけて完成だった。

「お待ちどうさま」

「わぁ……」

結の目は比喩などできないくらい輝いていて、僕ら三人もその真新しいかき氷の味が気になって仕方なかった。

削った氷のうえに粉砂糖というビジュアルは、その名の通り『雪』そのものであり、味もある程度想像がつくのに、それでもやけに美味しそうに見えた。一口頬張る結の瞳が、さらに輝いたことが、そのかき氷の美味しさを存分に想像できてしまって、結局結以外の三人もおかわりと表して『雪』を人数分注文して、舌鼓を打ったのだった。

本当にこの『こんびに』は、僕の慣れ親しんだコンビニを超越しているのかもしれなかった。


かき氷を堪能して身体の熱を冷まし、肝試しの準備も一通り終わったところでちょうど日が暮れた。そこで僕と結の二人組で肝試しを体験することになった。本来昨日やるはずだった肝試しの体験は、僕が道に迷ってしまったことによって満足にできなかったから今日あらためることになったのだ。

僕のせいで肝試しに参加させられる結に「怖かったら参加しなくてもいいんだよ」と言ってみたものの、好奇心が強いのか「実際どんなものなのか見てみたいんだ」という頼もしい返答があって、ふたりでの参加となった。きっとこの肝試しの体験の時間を最も嫌っているのは、挑戦する僕と結ではなく、夜の活動が得意ではない雅なのだろう。二日連続で夜の山で作業することになっているから文句を言っていそうだなと思った。

昨日と同様に、十分ほど哲也と雅の準備を待って、入り口からの一本道を進んでいく。

昨日はこの道を真っ直ぐ進んでいたら、どうしてか道から外れてしまって結を見つけた半壊した神社に辿り着いたのだが。けれど、準備中には一度もあの神社の姿を見かけることはなく、本来の目的地である方の神社にも行けたから、問題はないはずだ。

湿り気のある地面を踏む音と、たまに木々が服に擦れる音がふたり分聞こえる。視界は悪く、緑の匂いはなぜだか夜の方が重く強い気がした。今にも森の奥に潜む闇に呑み込まれてしまいそうだ。

「結、怖くない？」

「平気だよ、弥一の方が怖そうだけど」

……そんなことを言われてしまったら格好がつかないじゃないか。と言いたくなる気持ちを抑えて、それでも僕は結の前に出るように率先して歩いた。

少し歩くと、昨日はお目にかかれなかったいくつかの仕掛けと遭遇した。ベタにこんにゃくを吊るした釣り竿から、地面から手が生えているようなホラーな演出まで、かなりの手の凝りようだった。

「これは、子供たちはトラウマものだろうな……」

そんな呟きをふとしてしまうくらいには、高校生の僕にも十分すぎるくらい効果のある肝試しがもう完成していた。

「弥一弥一、あれは？」

いきなり名前を呼ばれてびくつきながらも、結の指さす方向に視線を動かす。

その先には、山の木々の合間に複数の揺らめく炎の影があった。実際はランプなどを駆使して火の玉っぽく見せようとしている、最も手をかけている仕掛けのひとつなのだけど、いかんせん山の中ということもあってそれほど火を好き勝手に扱えないのだ。それでも遠目に見える炎の形は、幻影のようにも見えて、神秘的でありつつもやはりどこか怪しげな雰囲気を漂わせていて、この肝試しの不気味さに一役買っていた。

「火の玉、とてもいいとは思うけど、やっぱり山火事だけは細心の注意が必要だね」

「子供を近づけさせないための施策ということなら、いっそのこと山ごと燃やしちゃえばいいとか」

「それはいっそが過ぎるんじゃないかな!?」

唐突に突拍子のないことを提案する結だった。

「そんな危険な考えはさすがにやめた方がいいと思う」

「そうかなぁ、私はなんだかピンときたんだけどね」

もしかしたらこの子は凄まじい感性を持っているのかもしれなかった。たとえば山を焼いてなにかプラスに働いた経験のあるような村出身の子なのだろうか。いや、そんな村があるのかなんて知らないけれど。

「結は自分の出身地とかも覚えてないの？」

「うーん、なんとなくこの山とか『霧山村』とか歩き慣れている気がするから、もしかしたらこういった場所が出身地なのかなぁって思ったりはするよ」

言われてみれば、山を登るのにも一苦労で息があがってしまう僕とは対照的に、結も哲也や雅などと同様に山歩きに慣れている節はある。

ともかく、僕はこの子のことをまったくと言っていいほど知らないのだから、少しずつでも知っていこう、そう思った。いつか僕の書いた詞を見てほしいものだし。

そうして足元の危険を気にしつつ、肝試しの順路を進む。仕掛けの数々には何度か驚きのあまり声を出してしまいそうになったけれど、隣に結という女の子がいるという事実のおかげでなんとか抑えられた。

道なりに進むと、目的地である神社の鳥居が見えてきた。昨日見たものとはまったく異なるそれは、半壊などしておらず神社としての構えをまっとうしていた。

「お疲れ様〜！」

境内に踏み入るなり雅が顔を出した。

「肝試しやってみて、どうだった？　思ったよりふたりとも怖がってなかったみたいだけど」

「楽しかったよ！　いろんなもの、特に人を寄せ付けないための、怖がらせるための工夫が見られて楽しかった」

なんだか肝試し専門家みたいな感想を述べる結だった。僕もそれに続いて口を開く。

「ああ、不気味な空気もしっかりあったし、脅かすための仕掛けも申し分ないと思う」

「つまり？」

雅は肝試しのどの仕掛けよりも怖い笑みを浮かべると、そう問いかけた。しかも、人をからかうときは結が乗ってくるということを知っていて、結に目配せしている。

抜け目のない奴め。

「つまりー？」

案の定結もそれに乗っかってきて、笑みまでも雅と同調させた。

「怖かったよ！」

白状させたことへか、昨日までの鬱憤を晴らせたことへかはわからないけれど、雅は二日間で見たどの表情よりもいい顔をしていた。

「まあ弥一、ずっと足を震わせていたからね」

そして、結にはずっと気づかれていたみたいだった。

哲也はすでに片づけを始めているらしく、僕らもそちらに向かう。夜で危ないのだから片付けくらい翌日でもいいのではないかという質問をしてみたのだが、

「これから一雨くる。その前に片づけてしまわないと仕掛けが壊れてしまうかもしれないからな」

とのことだった。

今朝の天気予報ではこの近辺に雨は降らないとされていたが、地元の人間の勘というやつだろうか。海が近いことや、山ということも相俟(あいま)って天候に左右されやすいのかもしれない。

そして、仕掛けをとりあえず回収したところで一筋の雨が地を濡らした。徐々に湿気を孕(はら)んだ空気に変わってきていたことから哲也の言葉には信憑性を帯びてきていたが、まさか本当に降るとは。これからはお天気キャスターの言葉よりも、哲也の予報を信じることにしよう。そんなことを考えて残り僅かな片づけに奔走する。

回収した仕掛けの中でも運ぶのが大変なものにはシートをかけて雨を避け、運べるものは各々が持った。足早に退散する中、結だけがその場を動こうとしないことに目がとまった。

「結どうしたの？　雨だから早く帰らないと」

「雨………」

結は力を失くしたかのように虚ろな目で空を仰いでいた。雨が顔に降りかかることもお構いなしに、真っ黒に染まった曇天を凝視していた。

どうしたのだろう、そう思い一歩近づいた直後、唐突に結は視線を前に向けると、そのまま駆けだしてしまった。

「結!?」

しかも結は山の奥へと進んでいく。僕も目で追うだけではなく、半ば反射的に結の後を追った。背後から「おいっ」という哲也の声が聞こえるが、返答している場合ではなかった。ただの直感ではあるが、今この瞬間に結を追わないと後悔する、そんな気がしたから。

女子にしては足の速い結に追い付いたのは、彼女がそれもまた唐突に足を止めたからだった。息を整えながら理由をたずねる。

「はぁ……。結どうしたの」

「弥一……」

未だに目の焦点が合っていないような結だったが、一応僕の姿は捉えてくれているみたいだった。

降りしきる雨は一向におさまる気配を見せず、むしろ雨脚が強くなっているような気さえした。今朝見惚れてしまった結の私服姿も、雨が浸透してあんなに晴れやかに見えていた姿は、今は見る影もなく。白い肌に映える鮮やかな黒髪も、雨でべったりと肌に貼り付いて結から漂う悲しみの気配を増加させているだけだった。

そう、今の結の姿を端的に表現するならば、それは『悲しい』や『寂しい』が適切だった。雨にそういったイメージがあるのは理解できるが、しかし僕が感じている結は、イメージなどでは決してなかった。だからこそ、もう一度聞いた。

「どうしたの？」

「………………」

結は答えずにまた歩き始めた。けれどそれは先ほどの焦った様子とは違って、僕に合わせるように、ついてきてとでも言うように。

そして、促されるまま一本の山道を進んでいくと、見覚えのある場所に出た。

「ここは……」

目の前に佇むのは、昨日訪れて、そして結と出会った神社だった。その姿はたしかに半壊していて、神社としての在り方を失ってしまっているように見える。雨が降っていることも手伝って、朽ちた建物だと認識してしまいそうな光景だ。

そんな外観の神社ではあるが、そこから放たれる空気感は異質なものに他ならないし、事実先ほど見てきた、今でも使われている神社と比べても、こちらの方が圧倒するような空気感があった。ここはなにか違うと、そう本能が告げているようでもあった。

「ひとつ思い出したんだ」

結の、僅かに震えた声だった。

「私がなにを忘れているのか」

そう言って、神社に近づいていく。

でも僕には目の前にあるものが良くないものに思えてしまって仕方がない。あの建物に近づいてはいけないと、そう叫びだしそうだった。

「あとは、この記憶が悪夢か質の悪い冗談か、それとも本物の記憶かをはっきりさせるだけなんだ」

「待って、なにを言ってるんだ……」

僕の問いには答えずに、結は薄い笑みを浮かべた。

「弥一、私と一緒にここで雨宿りをしようよ」

ここ、というのは当然半壊した神社の中のことだった。反対したい気持ちが強かったものの、それでも自分の勘を他人に共感してもらえるほどの説明はできないし、山の奥まで来ていて村まではある程度距離があることから、一度雨が止むのを待った方がいというのも理解できることだった。

「きっとすぐに雨は止むからさ、少しだけ、ね？」

打ち付ける雨は強くなっていて、すぐに止むとは到底思えないものだったけれど、それでも今の結の薄い笑みには有無を言わせぬ気迫があった。

「あ、ああ。わかったよ」

そうして僕は頷くことしかできなかった。

結と並び、この不気味な神社の前へ立つ。やはり気圧されるような、はたまた身体の芯が畏怖するような、近寄りがたい雰囲気があった。それでも、結は躊躇(ためら)うことなく戸に手をかけ、開けた。

「…………」

結を見つけた昨日も、この神社の内側を見ているはずだけれど、しかしあらためて見てみると不思議なものだった。

外観はこれだけ崩れかけているというのに、内装には損傷ひとつ見当たらず立派な佇まいだった。雨で月明かりもないのに、どうしてかその内側は鮮明に見えてくる。

そんな神社内に結は踏み入り、そして僕も続いて入っていく。

そして戸を閉めると、空気が一変した。

一瞬浮遊感みたいなものを覚えると、次には聴覚に軽い抵抗を感じた。まるで、新幹線などでトンネルを通っているときに感じられる空気圧で生じる感覚のようだ。

「結、ここはなに？」

社の内側だとしか答えられない質問だった。そんなことはわかっている。それでも、ここはやはりなにか根本的に違う気がした。言ってみれば現実離れしているというか、夢の中だと言われた方がよっぽどしっくりきそうな、そんな曖昧な感覚の場所だった。

「雨が止んだよ」

気が付くと、外から聞こえていた強めの雨音は一切なくなっていた。

まさかと思い外へ出るが、雨は本当に止んでいた。社の中にいたのは時間にして一分足らずだ。内装を一通り見回して結に曖昧な質問を投げかけただけ。その僅かの時間で雨が止んだというのだろうか。しかも雨脚が強くなって本降りになってきていたところだというのに。

「通り雨だったのかな？」

僕が不思議そうに聞くも、結は訳のわからないことを言った。

「いいや、結構長い雨だったと思うよ。それに空気にはほとんど湿気はないし、地面も乾いてる」

言われたように、雨が止んだ直後だとはまったく思えない状態だった。木々には水滴すらついておらず、空も雲はほとんどない。あの雨脚の強さだったのだ、いくら止んだと言っても足元はぬかるんでいるはずなのに、その痕跡すら残っていない。なによりそんな景色の中、僕と結だけが全身を濡らした状態なのだから、もはや理解が追い付かなかった。まるで同じ景色が広がる違う世界にでも迷い込んでしまったようだった。

「とりあえず山を下りよう？」

「……そうだね」

結の提案から、処理しきれていない脳に足を動かすということだけは命令させる。どうにか足を動かしながら頭を回転させる。

まず僕たちは肝試しの体験をして、それからその片づけをしたんだ。でもタイミング悪く雨が降ってきそうだったから片づけを急いでやって、山を下りることになった。それなのにいきなり結が山の奥に走り出したかと思えば、そこには例の半壊した神社があって。そして、その神社内で雨宿りをしようと思って入ってみたらすぐさま雨は止んだ。外に出てみると、まるで雨の気配なんかなくなっていて、雨が降ったという事実が疑わしくなるほどで。それでも僕と結ふたりの全身は雨に濡れてしまっている、と。

整理しようと事実を並べてみたものの、やはり理解が追い付かなくて頭痛がするほどだった。脳が処理の重さに悲鳴をあげているようだ。

そもそもあの半壊した神社にもう一度行けたこと、そして結の足取りがまるでその神社を知っているかのようだったことが、僕を酷く混乱させていた。

そして僕が今体験した摩訶不思議の理由を知っていそうな結は、こちらもなにやら考え込んでいる様子で、口を開いてくれそうには到底見えなかった。

お手上げだというように思考を放棄して歩くことに専念する。

「まあ帰ってこれたし、いいか」

視界の中に村を捉えたことによって安堵が込み上げてきた。理解のできないことに遭遇してしまうと、人は酷く疲弊するらしい。僕の精神もすでに疲れ切っているようだった。早く帰ってゆっくり寝たいと心身ともに訴えかけているようだ。

しかし、村に近づくにつれ、村の様子も少しおかしいことに気づく。なにやら騒がしく、特に大人の男性数人が声を出しながら村を徘徊しているようだった。

「どうしたんだろう？」

疑問を抱いたまま村に近づくと、口々に発せられている村の人の言葉が聞き取れた。その単語を呑み込み考える。

——弥一くん、結ちゃん。

村人は口々にそう叫ぶように呼んでいたのだ。まるで人を捜しているように。

そして僕のよく知る人物も同様だ。

「弥一！　結さん！　いたら返事をしてくれ‼」

　哲也の姿は必死そのものだった。いつも顔に貼り付けている冷静さも今は失われていて、声も掠れ気味だった。そのことだけで何度も僕らの名前を呼んでいたということがわかる。

「哲也、ここにいるよ」

　手を振ってその声に応じる。すると、僕たちの姿に気づいた哲也は驚愕の表情を浮かべて近づいてきた。

「遅くなってごめん。これは……」

なにごと？　と聞こうとしたものの、僕の問いは哲也の怒声に遮られた。

「今までどこに行ってたんだ⁉」

　哲也の剣幕に、僕は口を噤んだ。

「なにそんなに怖い顔して。遅くなったのは謝るけど、少し遅れただけ、それこそ雨宿りしてただけだよ」

　そう言ってから気づいた。哲也の服装が先ほどとは違っていること。帰宅してから着替えたのか？　それだけではない。昨日の会食の残っていたはずの片づけも姿を消し、代わりにさっきまで僕らが使っていたはずの肝試しの仕掛けの数々が、損壊した姿となって目の前に置かれていた。それは、本来であればまだ山の中にあるはずのも資材だ。

のだった。少なくとも、雨の中を一時間やそこらでは持って帰っては来られない量の

「なに言ってんだよ弥一」

なにか怖いものが、理解してはいけないものが沸々と脳内を浸食し始める。

未曾有の恐怖。自分が直面した事実から目を逸らしたかった。

「哲也こそ、なにを言っているんだよ。それに他の人たちだって」

周囲の人たちも、僕と結の姿を認めると、安堵の息を漏らしていた。しかし、そんな安心に染まる村の人たちの表情が、怖かった。だってそれは、僕と結が今の今まで安心できない状況だったということだろう？

そして、哲也は言った。

「お前たちふたりとも、四日間どこ行っていたんだ」

と。

それは核心的な言葉だった。

僕と結のふたりは、この四日間、行方不明とされて捜索されていたみたいだった。

# 第三章　真実

僕と結の捜索を終えたことで、翌日になると村はいつもの穏やかさを取り戻したと、真知子さんは教えてくれた。

僕は自分の身に起きたことをなにも理解できていなかった。朝目が覚めるとスマホで日時を確認する。朝食中に流れているテレビでも、冷蔵庫に貼られたカレンダーでも、そして地元の知り合いにわざわざ電話して確かめもした。

けれど。

そのどれもが、やはり僕の認識している時間の流れから四日間進んでいて、同時に僕の記憶はその四日間は穴が開いていたかのように抜け落ちていた。

「ご迷惑をおかけしました」

深々と頭を下げる。四日間僕たちのことを捜してくれていた村の人への謝罪だった。心配をかけてしまったうえに、時間を割いてまで捜してくれていたというのが、申し訳なかった。

そして最後の謝罪先が村長、雅の父だった。彼が村の人を集めて捜索に乗り出してくれたという。基本的に大きめの民家が並ぶ『霧山村』の中でも、ひと際立派な建物が見えた。その佇まいは、まるで旅館のそれだ。

「いらっしゃい」

手厚くもてなしてくれた村長は、僕を居間に通す。そこには哲也もいて、どうやら同席するみたいだった。ここには謝罪と同時に、どうして四日間失踪していたのかの説明に来たのだ。だからこそ、哲也も話を聞きたいのだろう。同じ屋根の下で寝泊まりしているのだから声をかけてくれればいいのにと思わなくもないけれど。

「ご迷惑をおかけして、申し訳ありません。そして、捜してもらってありがとうございます」

「いいよ、無事だったのだから」

村長は寛容な返事をしてくれた。気にしていないよ、とでも言うように優しげな笑みを浮かべている。

「ほんと、ありがとうございます」

もう一度頭を下げる僕の動作を見送ると、次には事情の説明を促された。端的に「四日間どうしていたのか」ということだった。

けれど、なんと言っていいものかわからなかったし、それ以上に起きた出来事をそのまま言うのも憚（はばか）られた。きっと結に断りなしで体験したことを話すのに抵抗があったのだろう。

「肝試しの片付けの後、山の奥に向かってしまう結を追っていって、それで結のことを見つけてすぐに山を下りたら、なぜか四日が経過していたんです」

だからこそ、そう濁して言った。結のことを見つけてすぐに、というところには嘘が含まれているものの、概ね事実だ。

「やはり、弥一くんも神隠しに遭ったのかもしれないね」

やはり、という言葉が気になってたずねてみると、どうやら僕と同様に、数日のみ消息を絶っていきなりふらっと戻ってきた村人が過去にもいたという記録が残っているみたいだった。

「それに結ちゃんは『旅人』かもしれないみたいじゃないか」

そして、昨日の出来事から僕がずっと脳裏に思い描いていることを、村長は述べた。

結の正体。

昨日の結の言動には、理解しがたいものがあった。雨の中いきなり山に入っていったのもそうだが、あの半壊した神社のことを知っているような口ぶりだったし、なにかを思い出したとも言っていた。

正直、僕も結という女の子のことが、気になって仕方がなかったのだ。

「結からはなにも聞いていないんですか？」

「ああ。昨日からなにか塞ぎ込んでいるみたいで、今はそっとしておこうということになっている」

神隠しに遭ったということが、ショックだったのかもしれない。と村長は付け加えた。たしかに神社を出てからというもの、結の口数は極端に減っていた。けれど、それはショックというわけではなく、僕にはなにかを考え込んでいるような、思い悩んでいるような姿に見えた。

「弥一くんは結ちゃんのことで、なにか知っていることはあるかい？」

「……いえ、好きなかき氷が『雪』だということくらいしか」

そう、僕は彼女のことを、ほとんどなにも知らない。フルネームも、年齢も、出身も、家族構成も、本当になにも。

記憶喪失で結自身も自分のことをわかっていないみたいだったけど、それでも、知らなすぎると思った。

もっとちゃんと知りたいと、そう思っているのに。

結局、僕が今回の件で村長に話せることは大してなく、事情の説明は呆気なく終わることになった。終始無言を貫いていた哲也も、最後まで口を開くことはなった。

「じゃあ弥一くん、もう当分はあの山に近づかないようにね。たとえ近づくことがあったとしても、事前に誰かに言うか、誰かに同行してもらうこと」

「はい、わかりました」

村長の言葉は、村人への言葉というよりは、子供への保護者からの言葉のように聞こえて、この人もちゃんと親なんだな、なんて当たり前のことを思った。

「あ、そうそう。一度だけ結ちゃんが口を開いたことがあったんだけどね」

「なにか言っていたんですか？」

「もしも弥一が来ることがあれば、会わせてほしい。って、それだけ言われてね。だから、少し顔を見せてあげるといい。結ちゃんは客室を使っているから」

「わかりました。少し覗いてみます」

立ち上がって礼を言うと、居間から出るために背を向ける。

「弥一」

すると、ずっと口を開かなかった哲也に呼び止められた。そして僕が哲也に振り向く前に、背中越しにひとつだけ疑問が投げかけられた。

「本当に、結さんのことはなにも聞いていないんだな？」

それだけだった。神隠しに遭ったことでもなく、四日間なにをしていたのかでもなく、彼女のことをたずねたのだった。その真意は知れないけれど、僕はなんともないように軽く頷くと、

「なにも聞いてないよ」

と、そう返答した。

なにも聞いていないし、なにも知らない。ただ、なにかがあるのだろうことだけは、知っている。

だからこそ、今から聞きに行くのだ。

僕は少しだけ早足気味に、結のいる客室へと向かった。

客室のドアを二度ノックする。

「誰？」

「弥一だ」

簡潔にそう交わすと、無言のままドアが開いた。内側から結が開けてくれたようで、きっと中に入れという意味だろう。促されるままに結の部屋となっている客室に足を踏み入れる。

「結、どうしたの」

部屋の中、布団のうえで呆然としてる結は着物姿だった。長い黒髪と真っ白な肌に着物はよく似合っていた。けれど、そんな結の表情はあまり晴れやかなものではなくて、やはりなにかを思い詰めている様子に見えた。

「弥一」

唐突に僕の名前を呼んだ。

「なに？」

できるだけ優しい声音で聞き返す。

「……………」

「…………」

なにかを言い淀んでいるような、躊躇っているような、そんな姿だった。口を何度か開閉して、その度になにも言い出せずに軽いため息を漏らす。

そしてそんな曖昧な沈黙が三分ほど続くと、ついに結は声を発した。それは微かに震えていて、どこか怯えが綯い交ぜになったもののように感じられた。

「……私、思い出したの」

なにを、などとは聞かずに結の言葉を待つ。

必死に言葉を探しながら、どう伝えようか考えている様子だった。

「あの壊れている神社、『古川神社』はね、外と中では時間の流れが違うんだ。あの中に入ると、未来に行ったり過去に行ったりできるの」

そう言われても、素直に受け入れられる気はしなかった。

だって時間を越えただなんて、それこそSF小説の中でもなければ存在しないような事象だ。

たしかに時間は過ぎていたが、それなら以前僕がこの村を訪れたときのようになにかしらの事故に巻き込まれて、それから数日間気を失っていたと説明された方が納得できる気すらした。

「結はそれを思い出したの？」

言葉の端々に『思い出したのはそれだけなのか』という意味もこめてそう返すと、結は「うん」と頷いた。

「だから私はあの神社を調べてみたいと思ってる」

「山は立ち入り禁止だと村長さんは言っていたけど」

「わかってる。私も言われたよ。それでも、私は調べなくちゃいけない」

その言葉にはなにかに駆られている焦燥感のようなものが窺えた。

「危ないからやめておいた方がいい」

正直僕だって、あの神社のことは気になっているし調べてみたい気持ちも当然ある。けれど、村の人たちに迷惑をかけて早々、また同じような心配をさせてしまうことは避けるべきだし、なにより僕にとってあの神社は、気になっていると同時にそれと同等か、それ以上に、怖いと感じている。正直近づきたくはなかった。

自分の知らないところで勝手に時間が進んでいるというのは、言い表せない恐怖があった。

「危ないのはわかっているつもりだよ」

「じゃあどうして」

「……だからこそ、弥一に話しているんだよ」

「………」

伝わる。


「私は、弥一に手伝ってほしいの」

それは真っ直ぐな言葉だった。同時に僕の目をしっかりと見つめて、その真剣さが伝わる。

しかし、恐怖心は払拭できない。

結の力になりたい気持ちは当然あるし、危ないことをしようとしていることはわかっているのだから、気にしているのも本当だ。それでも、またあの神社に近づくことを考えると、怖気づいてしまう自分がいた。情けなかった。そんな自分の口から発せられたのも、同じように情けない言葉だった。

「やっぱり村の皆に心配をかけたばかりなんだから、あの山には行けないよ。結もいかない方がいい」

僕が言葉を紡ぐごとに、結の表情は陰りを見せた。

「ひとまず村の中で情報収集をしてみよう。神隠しだったり、時間跳躍だったり、そんな派手なことが起こる神社なんだ。きっとなにかしら情報が村にも残っているはずだ」

そんなことを言っても結が山に行く足を止めないことはわかっていた。それでも僕は自分の恐怖を正当化するように、それっぽい理屈を並べると、自身を無理やり納得させる。

「結、山には行っちゃいけない。もし行ったとしても、神社の中には絶対に入らないでくれ」

無責任な忠告だった。きっと、結は僕に幻滅しただろう。意気地がないとか、頼りがいがないとか。それも仕方ない、そう思う自分が、なにより嫌だった。

結は調べることをやめないだろう。

きっと、結はあの神社と強い関係があるはずだ。

僕は結のことをあの神社で見つけた。思えばそれは考えるまでもなく不自然なことだ。年頃の女の子がひとりで、しかも夜の山中の神社で眠っているだなんて。

当時は助けないと、という感情と、僕の名前を呼ばれたことへの疑問、そしてきっとあの瞬間の神秘的な空気感にやられてうやむやになっていたが、あたらめて思い返してみるとそれは言ってしまえば怖いことだ。少なくとも僕が正体不明なものに対して抱いている恐怖が、そこにもあるように感じられた。

あれは一体なんだったのか。

結が言ったことを真に受けるのなら、あの神社では時間を跳躍できるということになる。では、その中で眠っていた結はどういうことになってしまうのか……。

その後、まとまらない思考で他愛のない会話をいくつか続けると、僕は煮え切らない気持ちを抱いたまま部屋を出た。

　部屋を出る際に結が言った寂しげな「ありがとう」という言葉が、やけに脳裏から離れなくて、それが悔恨となって心に染みついた気がした。

　あの神社に恐怖心があるのはもちろんだが、結を心配する気持ちももちろん本当だ。だからこそ、僕はすぐに村で情報収集を始めた。少しでも彼女の力になりたかった。そして、僕が数日に渡っておこなった聞き込み調査は、すぐに結果を生むこととなる——。


「この村に伝わる神隠しについて、なにか知っていることはないですか？」

　結局僕は結のことをほうっておけなくて、ひとりで村中から聞き込みをすることにした。

「いきなりどうしたのかい？」

　村の言い伝えや歴史を知っているのは、それこそ老人だと考えて、おじいさんやおばあさんから特に聞き込みをしていた。本来であれば村のことに最も詳しいであろう雅の父、村長に聞くのが間違いないのだろうけど、ここ最近世話になりっぱなしで頭があがらないし、村長宅にいる結に合わせる顔がないから避けていた。

「こういった村に来る機会ってなかなかないので、村の言い伝えとかを夏休みの自由研究の課題に使いたいなと思ってて」

僕は事前に準備していた理由を、できる限り自然な流れで口にする。

「学校の課題をするのはいいけど、あまり神隠しのことに首を突っ込まない方がいい」

けれど、おばあさんはやけに真剣にそう言った。

「どうしてですか？」

「危ないからだよ。関わろうとして神隠しに遭った人を、わしは何人も知っておるからねぇ」

「……なるほど」

「ひとつだけ言えることは、神隠しが起こるようになったのは100年前くらいって、古文書に書いてあった覚えがあるね」

おばあさんはそれだけ告げると、踵を返してどこかへ行ってしまった。

また他の人には、

「この村って、100年前になにかあったんですか？」

と聞いた。得た情報を使って新たな情報を導いていく。

「100年前かぁ。儂もまだ100も生きていないからのう」

逞しい白髭を伸ばしたおじいさんが首を傾げてそう言った。

「なにか少しでも知っていることがあれば教えてほしいんです」

「ああ、100年前と言えば」

なにかを閃いたように掌を叩くおじいさん。

「なにかあったんですか!?」

「あの山って、少し剥げているじゃろ？」

「ええ」

「あの剥げた跡ができたのが、100年くらい前だと聞いておるな。たしか古文書で見たような……」

また、その単語。


何人にも聞き込みをおこなって、そして僕の質問に答えてくれた人たちは、口を揃えて『古文書』という単語を発した。

さすがにここまでくると、それが重要なもの、ともすれば僕の知りたいことが書かれているものの可能性すらあるのではないかと思えてきた。

最後に足を運んだのは、例の『こんびに』だった。

朝からずっと村の中を歩き回っていたせいで、夕方になってようやく自分が昼食を抜いていて腹を空かしていることに気づいた。だから店内の貼り紙に『おすすめ』と書かれたコロッケを頼む。

「いらっしゃい」

「おばあちゃん、コロッケひとつ」

「はいよ」

五十円玉を一枚渡す。すでに値段からして都内のコンビニよりもお手軽だと思えるが、その内容はどうだろう。

お会計を済ませると店主のおばあさんは家の奥に戻った。少しすると芳ばしい匂いと、油でなにかを揚げている小気味いい音が聞こえてきた。真夏の暑い中でコロッケの揚げる音を聞くのもいいものだな、なんて考えながら待っているとおばあさんが戻ってきた。

手には、僕の掌くらいある大きなコロッケ。

「え、それが五十円？」

「もちろん」

ゆっくりとした動作でおばあさんは首肯する。

「ソースも好きなだけかけていいからね。毎度あり」

それだけ言うと、おばあさんは店の奥に戻ってしまいそうになる。

僕は手にしたコロッケの重量感と匂いに惑わされつつも、本来の目的を果たす。

「おばあちゃん、ちょっと待って」

「まだなにか？」

「ひとつ聞きたいことがあるんだ」

僕の言葉に首を傾げることで返答するおばあさん。単純な疑問も込めて直接的に聞くことにした。

「おばあちゃんはさ、『古文書』ってわかる？　この村のことが書かれているものみたいなんだけど」

そう言うと、おばあさんは納得するように頷いた。

「ああ、あんたがいろんな人に『霧山村』のことを聞いて回っているという男の子だったんだね」

「あれ、知っていたんだ」

「老人の中では有名じゃよ。なんの物好きか、老人に片っ端から話しかけている若い男がいるってね」

ほほほ、とおばあさんは面白そうに笑った。

その吹聴のされ方は、なにか致命的な勘違いを起こしてしまいそうだ。僕が老人をナンパしているやばい奴みたいじゃないか。そんなふうに脳内で突っ込むも、僕がしていたことはまさにその通りだったのでなにも言い返せなかった。

「それで、おばあちゃんはなにか知っていることはある？」

「お前さんの知りたいことは概ね知っていると思うよ」

「それなら……！」

「でも、あまり関わらない方がいい。どうしても知りたいというなら、自分の目で『霧山古文書』を読んでみることだね」

『こんびに』の店主も、あまり芳しい返答はしてくれなかった。まだ老人にしか聞いて回っていないから確証はないけれど、この村の人はどうやら僕に村のことを詮索されるのを嫌っているところがある気がする。もしくは、あまり掘り返してほしくない話があるのか。

「あと、コロッケは冷めないうちに食べなさい」

「あ、はいっ」

礼を言って、『こんびに』を後にする。

さてどんなものかな、とコロッケを一口齧ってみると、サクッという小気味いい音がした。そして、ホクホクのジャガイモと味を引き立てる牛肉のたしかな旨味に僕は舌鼓を打つ。

「うっま」

この大きさで、この美味しさで、たったの五十円。

この夏休みで『こんびに』に慣れつつある僕は、もう都内に戻っても当分チェーン店として名を馳せているコンビニには足を運べなくなりそうだ。

『こんびに』を後にして歩いていると、遠目に結の姿が映った。僕は気づかれないようにひっそりと物陰からその様子を窺う。

「まるでストーカーだな」

自分のおこないの格好悪さを自覚しつつも、僕が結になにか力になれる情報を伝えられるようになるまでは、顔を合わせたくなかった。

遠くでは、結は村の人と雑談に花を咲かせているようだ。外では気を遣ってか笑顔を絶やさずに、むしろ失踪して迷惑をかけた分を、その笑顔と愛嬌で返しているようなふうにすら見えた。

僕が村中を謝って回っている一方、きっと結はこうして村の人を笑顔にしていたんだろうなと、そう思った。

いつまでも見ている訳にもいかないので、僕はその場から移動した。

一度世話になっている哲也の家に戻り、腰を落ち着けることにした。今の状況を確認するために常備しているメモ帳を開く。

話を整理しよう。

僕がこの数日間の聞き込みで得た情報は、
・神隠しが発生した時期も山が剥げた時期も100年ほど前だということ。
・それらすべては『霧山古文書』というものに記されているということ。
・逆に結の言う『古川神社』のことを知っている人はいなかったこと。（口を割らなかっただけかもしれない）
ということだ。

「うーん……」

書き出したメモを見ながら唸ってみる。やはり、どうにかして『霧山古文書』を閲覧してみないことには始まらなさそう、というのが本音だった。結にいい報告ができると思っていたのに。結局村長に相談してみるしかないのだろうか。

「でも、村の人はなんとなく昔のことを秘密にしているような節があるんだよなぁ」

頭を悩ませ、悶々（もんもん）としていると、背後から真知子さんが顔を出した。

「どうしたの？」

「あ、いえ」

「お茶でも飲む？」

真知子さんは僕がなにかで悩んでいることを悟ってくれたのか、すでに茶菓子を用意していて正面の席に座った。冷えた麦茶と寒天が出される。

「どうぞ」

「ありがとうございます」

冷えた飲み物と糖分は今最も僕が欲していたもので、真知子さんの気遣いの巧（たくみ）さを実感した。これができる女性なのか。

「それで？　なにに悩んでいるの？　私でよければ話くらい聞くよ」

「あー、ええっと」

村の人はあまり気を良くしないことだとはこの数日間で理解していたから、どうも話し出しづらかった。そんな煮え切らない僕の姿を見てか、正面から僕の手元にあるメモ帳を覗いてきた。

「ふふーん、やっぱりこの村のことを探っていたのは弥一くんだったのか」

「知ってましたか」

「なんとなくだけどね」

話しつつ、真知子さんに倣って僕も寒天をいただく。

「うっま」

コロッケと同じ感想だった。

いやでも、本当にその感想しか出ないのだから仕方ない。すっきりとした味わいに、舌触りのいいゼリーに近い感触、それは夏という季節にも冷たい麦茶にも、よく合う甘味だった。

「ふふっ、昨日作ったのよ」

「これを真知子さんが？」

「ええ。結構簡単よ？」

「売り物より美味しいです。今すぐ都内に売り出しに行きましょう」

「それは大袈裟ね」

そう言いつつも優しげな微笑を零す真知子さんだが、話を脱線させるつもりはないようだった。

「寒天はまたいつでも作ってあげるから。それで、どうしてそんなに調べまわっているの？」

「話逸らしたの、バレましたか」

「バレバレよ。というか、また逸らそうとするんじゃない」

「すみません」

隙のない真知子さんだった。これが大人の女性か、侮（あなど）れない。

「でも、半分は好奇心ですよ。田舎の、それこそ辺境の村に来て、そこに神隠しの言い伝えなんてあったらワクワクするじゃないですか」

「それは理解できるけれどね。私も幼少期はよく走り回ったものだから。でも好奇心は半分なわけでしょ？　じゃあ、もう半分はなにかな」

聞かずともわかっていそうな様子の真知子さんだったが、けれどこの人は村のことを探られても嫌な顔をしない。だから、正直に答えることにした。

「結のためです」

「わぁお」

僕が恥ずかしげもなく素直に答えたからか、真知子さんは少し驚いたように口元に手を当てた。

「どうして結ちゃんのためになるのか聞いてもいい？」

僕の真剣さが伝わったのか、真知子さんも茶化すことなく真面目な顔つきだ。

「僕はこの間の失踪した四日間、多分ですけど神隠しに遭いました。そして、結は『旅人』だと言われている。詳しい理由はわかっていないですけど、でも神隠しに遭った経験のある僕が一番彼女の力になれるんじゃないかって思ったんです」

嘘はつかず、それでも詳らかには語らないで説明をした。僕は怖くて結から逃げたのにもかかわらず、それでも力になりたいだなんて傲慢なことを思ってしまっているのだ。

「そっかぁ、それなら力になってあげないとだね」

「はい」

「王子様になってあげないとだね」

「いいえ」

「そこは否定するところじゃないでしょ！」

「王子様なんかじゃありませんよ、僕はただ結の力になりたいだけなんです」

結は『旅人』で。そんな彼女の身の上をちゃんと知っている人は、いない。一見すると平気そうに見えるけれど、心の内は心細いに決まっている。誰も知っている人がいない場所に身を置くだなんて。

僕くらい、彼女のことを理解してやれる人間でいたいと、そんなふうに思っているだけなのだ。

「まあ弥一くんの気持ちはわかったよ」

真知子さんの言葉で思考が途切れ我に返る。

「真知子さんも、もしなにか知っていることがあれば教えてもらえませんか？」

「そうだねぇ、教えてあげたい気持ちは山々なんだけど、やっぱり自分の目で確認してくるといいよ」

　真知子さんも他の人と同じことを言うのか。そう思いつつ、少し残念がっていると

「そうそう」と言葉が続いた。

「『古文書』なら、村長の家が管理していると思うよ」

「……っ!!」

　突如として出てきた有益な言葉に息を呑む。きっと真知子さんは僕の望んでいる言葉を知っているのだと、そう思った。この人には頭があがらない。

「私から言えるのはこのくらいかな～」

　わざとらしくそう言う真知子さんは、しかし満足げな表情だった。真知子さんだって、きっと人をほうっておけない性格なのだろう。だからこそ僕の気持ちを知ろうとしたのかもしれなかった。

「ありがとうございます！」

　そうとだけ礼を言って、立ち上がる。

　村長の家で保管されているとなれば、今会うべきは、村長の娘である雅だ。そんな雅のいそうな場所に見当をつけると、僕は駆け出した。すぐにでも結に実のある話をしてやるために。

「ちなみに、雅ちゃんは今哲也と広場にいると思うわよ～」

　背後から聞こえた真知子さんの声は、やっぱりすべてお見通しのようだった。

僕は心の中でもう一度「ありがとうございます」と呟くと、それでも足を緩めないまま外に出た。

村の広場には、真知子さんの言った通りに哲也と雅がいた。そしてそれ以外にも子供たちが数人。どうやらふたりは子供の相手を任されているみたいだった。

「よう弥一」

いち早く僕の存在に気づいた哲也が声をかけてくる。

「なにをしてるんだ？」

「見ての通りよ！」

僕の問いには哲也の代わりに、雅が走りながら答えた。見ての通り……。現在雅は五人の子供たちに追われていて、それから逃げ惑うように駆け回っている。そんな雅の進路を塞ぐように子供たちに指示を送る哲也。

「うーん、いじめ？」

「違うわよ！」

「はい、ねーちゃんタッチ」

「わ、奥村くんのせいで捕まっちゃったじゃない！」

そう言われても、僕は見たまんまの印象を述べただけなのだが……。もはや哲也が子供たちを従わせていじめている図にしか見えなかった。

「増え鬼よ！」

「ああ～。言われてみれば。もういじめにしか見えなかった」

「なんですって!!」

そこには、文字通り鬼の形相をした雅がいた。

「「本当に雅さに欠けるな」」

そして、僕と哲也の言葉が重なったのだった。それがどうもおかしくて、僕も哲也も笑い出す。そんな僕らの様子がさらに癪に障ったのか、今までずっと走っていて疲れてるはずの雅が追ってきた。

「鬼が来たぞ、逃げろー！」

哲也が子供たちにそう言うと、子供たちも「わー！」と叫び声をあげながら散り散りに逃げていく。そして新たに始まった鬼ごっこには僕も参加させられているようで、執拗に僕を追ってくる雅から、どうにか必死に逃げることになるのだった。

肩で息をしながら、どうにか呼吸が落ち着くのを待つ。

「はぁ……どうして僕まで走っているんだ……」

文句を言いつつも、久々に本気で鬼ごっこをやってみると楽しいものだった。きっとふたりはよく子供たちとこうして走っているから、健康的なんだろうな。

「結もいればよかったのにな」

　ふと、僕の口からそんな言葉が漏れた。

　そうだ、僕は結のためにここに来て、雅と話したいことがあったのだ。疲労のたまった表情を浮かべる雅のもとに行く。

「なによ、私になにか文句でもあるの」

「いや、文句なんてないよ」

　僕はすっかり嫌われてしまったのだろうか。なんだか納得できない。

「僕は雅に、村長の娘としての雅に話したいことがあってここに来たんだよ」

　そう聞くや、雅はひとつ大きく深呼吸をすると、澄まし顔になって僕の方へ向いた。きっと村の長の娘としての矜持か、なにかあるんだろう。

「話って、なに」

　こちらとしても真面目な話をしたいから、そうして居住まいを正して耳を傾けてくれることは好都合だった。たまには雅のプライドもいい方向に転ぶことがあるらしい。

「単刀直入に言うけど、『霧山古文書』というものを読ませてほしい」

「『霧山古文書』？　どこで聞きつけたのかは知らないけど、それはだめよ。だってあれは外部の人には見せないようにって言われているものだし、だからこそ私の家で管理しているんだもの」

あらためて外部の人間と言われると、この数日で村に居心地のよさを感じていた僕にとってはかなり寂しい言葉だった。けれど、しょうがない。中にはそれこそ外部に漏らしてはいけないことが書かれているのかもしれないのだから。

「第一ね、私も読ませてもらったことないの」

「読ませてもらったことがない？」

村長の娘である雅が、か？

「うん。どこに保管されているとか、そういうことは知っているんだけど、でも触れるな見るなって子供の頃から言われていて。怖いことが書かれているんだよって、教えられてきたからわざわざ見ようなんて思わなかった」

なるほど。神隠しに遭う例の山に子供を近づけさせないために肝試しをやっているように、『霧山古文書』は怖いものだとして子供が近づかないようにさせ、その印象を持ったまま成長しているから自分から読もうとしない、ということか。それだとある程度若い人たちはみんな読んでいない可能性すらある。

ならば、もう最後の手段を使うしかない。

「お願いだ、雅。どうにか『霧山古文書』を持ち出してきて僕に見せてほしい」

誠心誠意の気持ちを込めて、深く頭を下げた。

「ちょっとちょっと、どうしたのよ」

「本当に必要なことなんだ」

「でも、あれは他人に見せちゃいけないものだってお父さんから言われているし……」

「結のため、なんだ」

「うーん……。それなら仕方ない、かぁ」

雅の了承を得るまであと一押し、というところで、思いもよらぬ邪魔が入った。

「弥一も結構せこいことするんだな」

それは、遠巻きに子供の相手をして傍観に徹していたはずの哲也だった。

「せこいって聞こえが悪いな」

「いいや、雅がそう言われたら断れないことをわかって言ってるだろ？　それがせこいんだよ」

僕の思考を見透かしているかのような言葉だった。人のことをちゃんと見ていて、そして抜け目ないその性格は、僕が憧れるところではあるけれど、対立する側になるとなんと厄介なものか。

「…………」

「…………」

僕と哲也は睨みを効かせるように、無言で視線を交わらせ続けた。どうしてこうも哲也には威圧感があるのだろうか。正直言って、少し怖い。

そんな僕らの空気があまり良いものではないと勘づいたらしい雅は「どうしたのどうしたの」と慌てている。

そして、一分は経過しただろうか。僕は折れることなく負けじと睨み続けた。すると、突如哲也は口角をあげた。それはなにか興味深いものを見て面白がっているような、少し歪んだ笑みだった。

「へぇ、なかなかどうして」

哲也は歪めた口元から声を発する。それもまた、面白がっているような気配で。冷静沈着、泰然自若。会う人にそんな印象を与える男が、なにを面白そうにしているというのだろうか。

「弥一、お前少し変わったな」

それとも結さんに変えられたのかな。そう続ける。

「どういうことだ？」

「いや、いいんだ。こっちの話。でもいいぜ、俺が『霧山古文書』を取ってきてやるよ」

「は？」

素っ頓狂な声を抑えられない。どんな気の変わりようだ。さっきまでは僕の好きにはさせまいと邪魔してきたように見えたのに。

「勘違いするなよ。俺は最初から弥一になら『霧山古文書』を見せてもいいと思っていた」

　つまり、と哲也は置いた。

「雅の善意を逆手に取ったところが気に食わねぇってことだよ」

「それは、ごめん」

　哲也の言っていることはたしかに正しかった。哲也はいつだって正しいし、そして同時に人の過ちを正せる強さを持っている。

「でも、哲也は『霧山古文書』を持ち出して来れるの？」

「そりゃあな。俺は次期村長になるから」

　そういうことらしかった。

　道理で哲也と村長は頻繁に会って話しているのかと、むしろ合点がいったところではあったのだけど、ここにひとりそれどころではなさそうな人がいた。雅だった。

「次期村長って、次期村長って……」

　そんな呟きを何度もとめどなく続け、その度に顔を紅潮させていく雅。すでに茹でだこもいいところだった。

「ああ、次期村長だ」

哲也は対照的に、至って冷静にそう返す。

けれど、なるほど。こっちの意味、つまり雅がいきなり真っ赤になるほど取り乱している理由にも合点がいった。

「ということは哲也……」

「ああ」

僕の言葉に同調して、雅の方を真っ直ぐに見やる。

そして、これまた冷静に言い放った。

「俺は雅と結婚する」

その言葉と雅が気を失ったのは、ほぼ同時のことだった。


その後は真面目な会話をするような空気ではなくなってしまった。雅を介抱して、そして目が覚めた雅を次は子供たちが茶化して、そんな子供たちを恥ずかしさのあまり追い回して、そして落ち着いたと思ったら追撃とばかりに哲也は雅に「俺と結婚できる?」なんて言葉を投げかけるものだから、忙しないことこのうえなかった。

それでも哲也は、

「明日には『霧山古文書』を渡せるようにやってみる」

と言ってくれたので、僕はその言葉を信じることにした。

けれど、今だけはこの騒がしさを楽しもうと、僕も雅を茶化すために近づく。しかし、僕がなにかを発する前に、雅の中の危険信号が察知したのか、遠慮のない拳が襲い掛かってきた。

「うはっ⁉」

みぞおちだった。


広場での一件を終えると、今日はもうやることもなく手持ち無沙汰なため早めの就寝にしようと考えた。夜のルーティンを終えて布団に潜り込む。

明日、僕の知りたいことが記載されているであろう『霧山古文書』を読むことができる。そう思うと、なんだか心が落ち着かなかった。

村の人がここまで見せたがらない理由はなんだろう。外の人間に口外してはいけない内容ってなんだろう。結の力になれる情報は果たしてあるのだろうか。そもそも僕は、どうしてここまで力になりたいと思っているのだろうか。

思考の渦が、僕の意識を覚醒させてくる。どうやらまだ眠れそうにないようだった。

仕方ないと思い、夜風に当たりたくて外に出る。

「ふぅ……」

一度深呼吸する。山に囲まれているから熱気がこもりやすくて『霧山村』は暑い、とのことだったが、夜は心地が良かった。むしろ緑の多さ故に、木々や土の香り、申し訳程度に鳴く虫の音、素肌を撫でる優しげな夜風、そういった要素は、夏の夜に清涼感をもたらしてくれているみたいで、僕は好きだった。

そんな心地の良い夜の村を、あてもなく歩いていると、ひとつの人影が浮かんだ。着物に長い黒髪という姿に、一瞬霊的なものではないかとゾッとしてしまいそうになったが、それは僕がここ数日顔を合わせられていない少女だった。

声をかけていいものかと悩んでいると、あちらも僕の存在に気づいたようだ。

「やぁ弥一。眠れないの？」

「ああ。なんだか目が冴えてしまって」

「そっか」

結は天然芝のうえに腰を下ろして夜空を見上げていた。

「弥一も隣においで」

立ちっぱなしのまま結の様子を窺っているとそう声がかかった。促されるままに僕は結の隣に腰を下ろす。

「この村はいいところだよね」

「いきなりだな」

「いつも思うんだ。素性もわからない私に親切にしてくれたり、まるで家族のように接してくれる。私に関して気になることはみんなたくさんあるだろうに、強く聞いてくる人はいない。私のことを匿ってくれている村長や、いつも気遣ってくれているみゃーちゃんだって、深くまで知ろうとしてこないの」

この村の住民の人のよさは、僕だって実感しているところだ。村に来たばかりの僕たちを総出で捜索してくれるのだってそうだし、ただ通りがかっただけの人でも必ず挨拶をしてくれる。そんな温かい場所なんだということを、僕も理解してきている。

まるで、この村全体が家族のようだな、と。

「だからね、私は絶対にこの村の人たちを守りたいんだ」

「守りたい？」

その言葉は、会話の中で浮いているように思った。場違いとも言うべきか、むしろ守ってもらっているのは僕らの方だろう、と。

「うん。私が守るの」

それでも、浮いたその結の言葉には、たしかな覚悟と意志が感じられた。

まるでそれが自分に課せられた使命とでも言うように。

夜風が結の黒髪をさらう。なびいた髪を耳にかけると、その端正な横顔が露わになる。月明かりに照らされた結の顔は純粋に美しくて、自然と視線が吸い込まれそうになる。その中でも、白磁のような肌と澄み切った黒の瞳が、夜の暗さとコントラストになってよく映えていた。

果たしてこの麗しい少女は、なにを抱えていて、どこから来たのだろう。

「そういえば弥一、本当に情報収集をしてくれているんだってね」

「あ、ああ」

まさか結本人にも伝わっているとは、なんだかむず痒い心地だった。

「なにか収穫はあった？」

「それは……。まだ、ない」

僕は繕わずにそのままを言う。嘘をついていても仕方ないだろう。得た情報はもちろんあるし、明日、もしかしたら結の言う〝収穫〟があるかもしれない。しかし、確定していない情報でぬか喜びさせるのは良くないと思ったのだ。

曖昧な途中経過でも報告して、情報共有しておくべきだろうか。そう思っていたのも束の間、僕の返答をある程度期していたのか、すんなりと頷いた。

「そっか、まあ難しいだろうなとは思っていたよ」

「でも、まだ諦めてないから」

そうとだけ返す。僕には諦めるなんて選択肢はもとより存在していない。そんな僕の言葉に結は笑みを返してくれる。

「結の方はどう？　まさか神社入ったりしていないよね」

「大丈夫、そこだけは守ってる」

そこだけは、という注釈の加え方が気にはなったものの、神社に踏み入っていないのであればとりあえずは平気だろう。今は結の言葉を信用することにした。

「でも、こっちも全然収穫なしかな。気になるところはあるけど、自分ひとりだと難しいところもあるなって」

「まあ、そうだよね」

直接的な協力はできないことに申し訳なさを覚えつつも、僕にはまだできることがあると気を引き締める。

「弥一、ありがと」

「どうしたの急に」

「弥一だって、私と出会ったばかりだし私のことも全然わからないのに、こんなに親しくしてくれているからさ」

「僕だってこの村には来たばかりだから」

「それこそ、だよ。来たばかりで知らない土地なら、元々知り合いである哲也くんやみゃーちゃんと一緒にいることを選ぶと思うんだ。それでも弥一は私を気にかけてくれている」

結は言葉を紡ぎながら慈しむような笑みをこちらに向ける。三角座りをした体勢のまま首を傾けて自身の膝に乗せるようにして。

「そんな弥一の優しさがとっても嬉しい」

「なんか恥ずかしいな」

気恥ずかしくなって結の顔をまともに見られない。

そうして顔を逸らした僕に、それでも結は言った。

「でも、無理しないでいいよ」

「無理なんて……」

「弥一は優しいから、きっと頑張ってくれる。ちょっと怖がりなところはあるけど、それでも人のために一生懸命になれる」

でもね、そう結は続けた。

「多分知らない方がいいこともあるんだと思う。だからこれ以上は、いいよ」

一瞬、なにを言われたのかわからなかった。けれど、言われた言葉を脳内で反芻すると、その言葉の意味は形を帯びてきて僕の認識へと変わった。

僕は今、拒絶をされた、ということだろうか。

「夜風に当たりすぎても身体を冷やしちゃうね。そろそろ戻ろっか」

「ちょっと待って……」

僕の制止も虚しく、結は立ち上がってしまう。そんな結を帰すまいと、僕も追いかけるように立ち上がった。

「結！」

「どうしたの、そんな焦った顔して」

言われて気が付いた。僕は焦っているのか。

変な手汗もかいていて、なにかに駆られているようだ。拒絶されたことへの焦燥感だろうか。

しかも『知らない方がいいこと』とはなんのことだ。村の人がなかなか口を割らないのと同様に、結までもが僕に言えないことを知っているというのか。

疑問を拭えないまま、それでも僕は結をこのまま帰したくないと思った。ここ数日の成果で、どうにか結の力になりたかった。

「結、お願いがあるんだ」

「なにかな」

確証のないことは言いたくなかった。だから僕は、こう言った。

「明日のこの時間に、もう一度ここに来てくれないか」

そんな僕の言葉に、やっぱり結は笑顔で応じた。でも、それはどこか、寂しげな陰のあるものだった。

翌日。

今日は朝から心身ともに落ち着かなかった。『霧山古文書』が読めるかもしれないということもあるし、結のことが頭から離れないことも一因だった。

居ても立ってもいられず、どうしてか僕はひとりで子供たちの相手、というより全力で鬼ごっこをしていた。思考を止めることさえできれば、とりあえずはなんだってよかったのだと思う。

そうして走り回った疲労で子供たちと一緒に地べたで寝そべっていると、そこにひとつの足音が聞こえてきた。

「弥一起きろー」

足音の主である哲也は頭上から寝そべっている僕を覗き込んで見やると、なにやら錆び付いた金属片のようなものを放り投げてきた。

それを視界に捉えると、僕は反射的に起き上がり掴み取る。

「これは……？」

「倉庫の鍵」

その通り、受け取ったものはなにかの鍵ではあったが、いきなりなんだというのだろう。そんな僕の思考を見透かしてか、哲也はこう言った。

「『霧山家』の倉庫の鍵だ。それを使って倉庫に忍び込んで、どこかに仕舞われているはずの古文書をかっぱらってくればいい。俺にできるのは鍵を取ってくるくらいのことだった」

かっぱらうって、印象が悪いな。というかそれは普通に犯罪じゃないのか？

「まあ親戚だから大目に見てくれるさ、もし見つかったら一緒に謝ってやるからさ。それに少しの間借りたいだけなんだろ？　なら大丈夫だって」

結構適当な哲也だった。

けれど、一応『霧山古文書』に繋がる方法を入手できたのだ、これは大きい。

夜には結を呼び出しているわけだし、それまでに僕個人としても一度目を通しておきたい。となると、遅くとも夕方までには侵入して古文書を持ち帰らなければならない。だとしたらすぐにでも行動に移すべきだろう。

「ありがとう！」

気づいた頃には、礼を言うだけ言って僕の足は駆け出していた。

呆れるほど立派な造りの『霧山家』を見ると、やはり中には人がいるようだった。

雅の両親、つまり村長とその奥さんは大抵の日は家で仕事をしているという。そんな家、しかも村長の家ともなると侵入は難しいことになるのが予想されたが、僕のひとまずの目的は裏手にある倉庫なのだから、どうにか人に気づかれないように一歩一歩忍び足で進む。

（見つかるなら今見つかってくれ～）

胸中でそう呟く。今ならまだ訪問した体でなんとかなりそうなものだが、もしも裏手に回って、そして僕が本来は持っているはずのない鍵を使って倉庫内に入ったとなれば、それは注意や説教では済まされない気がする。

けれど、僕は順調にも倉庫へと辿り着いてしまった。

倉庫に取り付けられている南京錠を預かった鍵で開け、中へと侵入する。

僕を最初に出迎えたのは、内側に溜まっていたのであろうムワッとした熱気と、埃っぽさを含んだ空気だった。

一見ガラクタと思ってしまうようなものが散見され、この中から一冊の書物を見つけるというのは気が遠くなったけれど、逆に言うと古文書がいかにも保管されていそうな場所でもある。

四方には窓がついており、光源も日光だけで十分だった。

（よしっ）

速やかに、けれど周囲の警戒を怠らずに、僕は早々に探し物を始めた。

どこで手に入れたのか想像もつかないような骨董品、絵や彫刻などの芸術品、あとは巫女の服のようなものまで保管されていて、しかもしっかりと管理といって然るべき扱われ方をしていることから、その品々が散臭いガラクタではなく、きちんとした意味のあるものなのだということが窺えた。

村長の趣味なのだろうか。まあ骨董品や芸術品を嗜むのはわかるけど、巫女の衣装はどうなのだろう。雅の私物だろうか。あまり考えない方がよさそうだ。

そんなことに思考を割きながらも、次々と手元のものを確認していく。置いてあるものの数がやたら多いせいで、なかなか見つからなそうではあったけれど、一箇所一箇所を着実に調べていくことによって、調べる範囲を狭めていく。そんな作業を二時間もしていると、ひと際目を引くものが見つかった。

そして、それはひとつの木箱の中に丁寧に仕舞われていた。

書物の表紙にはシンプルに『霧山古文書』と。

「これが、『霧山古文書』……」

古文書を手に取る。紐で留められている古文書は手製のようで、その紙の材質も古く感じられる。年季の入っている様は相当長く保管されていることがわかる。

しかし。

「…………っ⁉」

唐突に足音がした。

それは間違いなくこちらの方に向かってきていて。

（やばいやばい!!）

あっという間に倉庫の扉が開いた。

「どこにあったっけなー」

これは村長の声だ。倉庫のあちこちを歩き回ってなにかを探しているようだった。

物陰に隠れた僕は、息を潜めて村長の行動を待つ。ただこちら側に来ないことを祈るばかりだ。

ふと、あるものが視界にとまった。それは古文書と同様に木箱に入っていたが、古文書とは違ってあまり丁重には扱われていないようだった。

一本の線が途中から二本に分岐して、その先端に丸みのある器具が備え付けられている、まあいわゆるイヤホンだった。結構古びていて、使い古されているというよりは単純に時間とともに風化したようにも見える。作曲するときに必要なものなのに、実は急いで旅の準備をしてきたあまりイヤホンを忘れてしまっていて、だから余計目に留まったんだろう。

そう考えているうちに村長は探し物を見つけたようで、僕はその様子に胸を撫で下ろす。

村長が倉庫から出ていくのを見届けると、少し時間を空けて、僕も古文書とイヤホンを拝借して倉庫をあとにした。倉庫から出ると、まずは哲也に無事古文書を入手できたことを報告した。そして落ち着いた場所で読みたい、そう僕の気持ちを伝えると、哲也はニッと口角をあげた。

「俺にも読ませてくれ」

「そういうことね、すんなり鍵を渡してくれたのは自分も読んでみたかったから、と」

「その通りだ。俺だって読んだことなくてずっと気になっていたんだよ」

哲也の思い通りになっていることが面白くはなかったけれど、それでも鍵を持ち出すというリスクを冒した哲也にも読む権利はあるだろう。そう思って了承した。

人目が気になったため部屋に戻り、哲也とのふたりで古文書に対峙する。果たしてここに僕の求めている情報は記載されているのだろうか……。

どこでも売っているような大学ノートではなく、紐留めされた手製のものだ。見るからに年季が入っていて、果たしてこの文献がいつのものかなんてことは僕の眼では計り知れない。表紙にある『霧山古文書』という筆跡の擦れ具合や達筆さも、その古いという印象を助長していた。

「開くぞ」

「ああ」

表紙を捲り、最初の頁を凝視する。

「…………」

「…………」

どうやらなにかの祭事についての記述なようだった。

「これは、『祈豊祭(きほうさい)』のことか……」

「『祈豊祭』？」

「毎年の八月終わりに『霧山村』でおこなわれている祭りのことだ」

哲也は次々と読み進め、その内容を要約していく。

「つまり、『祈豊祭』というのは昔、村の作物の豊作を祈る祭事だったらしくて、祈りを捧げる巫女を据えていたと。これは今の『祈豊祭』にも形としては残っているな」

「え、巫女さんいるの？」

「というか、雅が巫女役だぞ」

家柄的に、と哲也は注釈を加えたけれど、まさか雅が巫女だなんて……。だったら結の方がずっと想像できるなと思った。

「でも、今から約100年前に、『祈豊祭』の最中に事故が起こったと書かれている」

「100年前……」

それは村の老人から聞いて回った話と時期が合う。なら、その事故がなにかの原因か……？

哲也の説明を待っていたが、しかしどうしてか口を噤んでしまった。

「どうした？」

「これは……。ずっと『霧山村』で生活してきたのに、知らなかった。山が剥げている理由なんて考えたこともなかった」

そう零す哲也の顔は強張っていた。その表情を見て『知らない方がいいこともある』そう言った結のことを思い出してしまった。哲也にとって目の当たりにした内容は、そういうことだったのかもしれない。

「悪い、ちょっと俺出るわ。それ以上は読みたくない」

有無を言わせぬ雰囲気のまま、哲也は部屋から出ていってしまった。そう思わせるほどの内容なのだろうか。

哲也の反応に多少狼狽したけれど、今夜僕は結になにかの情報を提供しないといけない。そう意気込んで、続きを自分の目で確かめる。

「一九一七年、『霧山村』は天災に見舞われ村の半分を失った……」

そこには凄惨な災害の記録が残っていた。

八月の終わり、例年通りに『祈豊祭』を執りおこなうことで賑わいを見せていた『霧山村』だったが、その日は生憎の豪雨だった。雨の中の山は危険だという意見と、それでも豊穣の祈りは大切だという意見で割れたらしいが、結局は祭事を強行することになったそうだ。

できうる準備はすべてこなし、あとは巫女が祈りを捧げ村の人間はそれを見届けるだけ。村人の半数以上は山へ足を運び、巫女とともに未来の豊穣を祈っていた。それは恙(つつが)なく終えられるはずだった、のだが。

それは起きた。起きて、しまった。

「これは……」

死者、行方不明者、総勢594名。

豪雨による土砂崩れの事故、だったそうだ。

「村人の半数以上を呑み込んだ凄惨な事故……」

非情にも、そう表現されていた。

それからは災害当時の様子や、以降の復旧の様子などの描写がひたすらに書かれていて、最後にはその事故で亡くなった人、見つからなかった人々の名前が、何枚にも渡って書き連ねられていた。

「その事故以降、神社は山の中でも安全性の高い場所に移され『祈豊祭』がおこなわれることになる。そして、近年では山自体を神社と見立てて、村から巫女の祈りと同時に花火を打ち上げ、それを山と海に届くような祈りとしている」

そう書かれ、事故の話は締められていた。

この事故を踏まえて、もう人を山には極力入れないようにしたのだろうことが窺える。

　この惨劇を知っているからこそ、特に村の老人は一斉に口を噤んだのだろうか。また、ここまでの大災害でありながらも、この事故のことはほとんど外部には知られていないのだそうだ。口外しない理由は次に書かれていた。

「事故以降、土砂崩れが原因で剥げてしまった山の一部で、人が行方不明になることが多発。あるときからは逆に身寄りのない人が突如現れることもあるようになった。それは時折発生し、我々はその現象をひとまず『神隠し』と呼ぶことにした」

　そして、古文書の最後の内容は、そんな神隠しのことについて記載されていた。神隠しに遭う人がしばしば現れ、そんな人のことを『旅人』と称してもてなすことにした、など。

　けれど、そこに時間跳躍の話は一切なかった。僕と結が経験した神隠しの理由を、この村の人はまだ知らない、ということだろうか。

　神隠しの記述の最後には、今まで神隠しに遭った人の詳細が記されていて、最も新しい紙には『結と名乗る少女。記憶喪失で苗字もわからない』と真新しい文字で書かれていた。

「更新され続けているのか……」

　結は『旅人』として認識されていて、だからこそここに村長が書き足したのかもしれない。

一通り古文書に目を通したところで考える。これで、結の力になれる情報は手に入ったのだろうか。そんな自問自答に答えてくれる人は当然おらず、疑問に思ってしまう時点で、あまり実のある情報を結に提供してやれそうにはなかった。

104年前に起きた災害の影響で村の半分を失い、その後『古川神社』が使われなくなって神隠しが度々起こるようになった。だからきっとその災害になにかの原因がある、伝えられることはそんなものだった。

今日の夜に昨日と同じ場所で会う約束をした少女のことを思い出す。彼女はこの話を聞いて、どう思うだろうか。

「……いや、待てよ」

昨日の結、それで思い出してしまった。夜風に当たる綺麗な彼女の姿も、その言葉も、すべて克明に記憶されている。そしてその中には、彼女が発するにしては違和感のある言葉があったことも――。

――だからね、私は絶対にこの村の人たちを守りたいんだ。

守られている側であるはずの彼女の言葉。そして家族同然のような村の人に対する言葉。

これが、記述されている災害を知っている結の言葉だとすれば？

例の『古川神社』で時間跳躍ができることを知っている結であれば？

過去にいくこともできると断言していた結の言葉であれば？

まさか、と思った。

でもそれと同時に、記憶の中にはその意味が形になっていくものがあった。それは結と初めて会った、僕が『霧山村』を訪れた日のことだ。

彼女は僕と出会った日、記憶喪失だと言った。覚えているのは〝結〟という名前と〝なにかやらなければならないことがある〟という使命じみた衝動だけ。しかし、もしその〝やらなければならないこと〟という衝動が、僕の想像通りであれば……。

結があれだけ〝人を山に寄せ付けないようにするための肝試し〟の準備に邁進していたことも、あれだけ執拗に『古川神社』の調査をしていたことも、すべてに納得がいってしまう。そして先日、結が山中での雨に過剰に反応して、記憶を取り戻したことだって。

104年前の災害の重要性を再認識したところで、今夜結と会うまでにもう一度古文書に目を通して、内容をすべて頭に詰め込んでおかなければならない。僕は今夜、情報を伝えるのではなく、結に、彼女の目的の確認をしに行くことになるのかもしれないのだから。その思いで、古文書の隅々まで細かく目を通していった。

そして。

僕は。

見つけてしまった。

確信的で、核心的な文字を。

流し読みでは見つけられないであろう細かな箇所。

でも、それは、きちんと目を通していれば、あまりにも克明に書かれていたことだった。

たったの三文字だ。

ただ、それが僕にすべてを突き付けてくる。

災害で犠牲となった計594人の名簿。その中には当然のように『古川神社』の神職であった『古川』の名前もあった。それは想像に難くなかった。祭事の真っ只中にいる人物だ。逃げ遅れてしまっているのも仕方のないことだと思った。

それでも。

問題は、〝そこ〟ではなかった。

村人の名前が羅列してある中、僕の目にははっきりとひとつの名前だけが浮かび上がって見えた。

もう、その名前しか目に入らない。

書かれていたのは。

古川――結、と。

「………」

言葉を失った。

息を呑むことも、吸うことも忘れて、僕はその名前から目が離せなくなった。

夜、結は僕に言った。

「私は100年以上も前から来たの」

と。

「あの災害から、みんなを助ける方法を探しに」

と。

# 第四章　豊穣の巫女

その言葉は、質量を伴っているように感じられた。

胸の奥にずっしりと、たしかに異物となって僕の中に居座るように。

夜の『霧山村』。木々と土の匂い、穏やかな虫の音に、撫でるような心地の良い夜風。頭上を見上げれば夏の大三角だってはっきりと見え、都内とは違って町明かりが少ないことから無数の星々が煌めいて見えた。

けれど、告げられる言葉は、そんな豊かな情景をたちまち真っ暗にする。僕の五感はすべての機能を著しく低下させ、唯一、彼女の言葉に対してだけ聴覚が機能しているみたいだった。

「私は100年以上も前から来たの」

「…………」

「あの災害から、みんなを助ける方法を探しに」

事前に得た情報のせいで、僕は結の言う言葉の意味を完璧に理解できてしまった。

昨日の僕の言葉通り、指定の場所に来てくれた結だが、曇った表情で僕と対面した。

僕も同様に、『霧山古文書』を読んでから、結になんて言おうかと考えたが、考えに考えすぎて気づけば夜を迎えていた。

そうして、対面してすぐ、結の第一声がその言葉だった。

「結の名前は……」

「うん、私の名前は古川結だよ」

「そうか……」

もう認めざるを得なかった。『霧山古文書』に記載されていた犠牲者の名簿にある名前と一致したのだから。

「弥一は『霧山古文書』を読んだんでしょ？」

「さっきね」

「じゃあ色々知っちゃったわけだ。村のことも、私のことも」

意味深にそう言うと、結は長い黒髪を靡かせこちらに振り向いた。

「私の名前、『霧山古文書』の中にあったでしょ」

「………」

「しかも、土砂崩れの事故の被害者名簿の欄に」

そう、そこだけは不可解だった。事故の犠牲者として表記されている結が、今目の前に存在しているということを、僕はまだ理解できていない。結はそんな僕の思考を知ってか、話をしてくれた。

「私ね、巫女なんだ。古川という神社やお祭りを司る家に生まれてね、ひとり娘だった私は自然な流れのまま『祈豊祭』で神に祈りを捧げる巫女として育てられたんだ」

そう語る結の瞳は、どこかずっと遠くを見ている気がした。

「だから私は生まれたときからみんなに必要とされて、家族だけでなく、村のみんなに育てられてきた感じだった。みんなが家族のように扱ってくれて、嬉しかったなぁ」

話しながら記憶を掘り起こしているのか、懐かしさを孕んだ声音で結は話す。そして結の言葉には僕も覚えがあって、村の人と気さくに会話をしてすぐに溶け込んでいる結の姿が思い起こされた。

「だからね、私はたとえ雨が降っていようが、みんなのために『祈豊祭』で祈りを捧げないといけなかったんだ。私が祈ることで、村のみんながそれからの一年を安心して過ごせるのなら、それが私ができる精いっぱいの恩返しだったから」

でも、と一拍置くと、結は苦渋の表情で続きを言葉にしていく。

「降った雨は思っていたよりもずっと酷いものでね、村の人たちも山の神社に行くのがやっとという感じだったの。それでも私が祈りの態勢に入ってたから、『祈豊祭』は始まった。そして……」

土砂崩れが起こったの、という結の声は、音にならずに消えていた。

こう聞く限り、結は自分のせいで村の人を土砂崩れに巻き込んでしまったと、そう考えているだろうことが容易に想像できた。それでも、僕が安易に声をかけることはできない。慰めることも、不用意に結を肯定してやることも。

「私ひとりが神社の中で祈りを捧げていたから、外の様子がわからなかったんだ。いつもはそんな私の祈りをみんなが見守ってくれているはずなんだけどね、そのときだけはなにか様子がおかしくて。あまりにも気になって祈りを中断してまで後ろを振り返ってみると、閉められた戸の外からは他人の気配を感じなかったんだ。そしてね」

そして、と再びそう言うと、結はそこで初めて今に繋がる言葉を発した。

「戸を開けて外に出てみると、そこには、なにもなかった。私の祈りを見守ってくれている村の人も、山の木々も、そして山の麓まで広がっているはずの村自体も」

話しながら、無意識に握りしめていると思われる結の手は、小刻みに震えていた。表情も、悲しみと悔しさと、そんな感情を綯い交ぜにしたようなものが今にも目尻から溢れてしまいそうで、危うさを感じさせた。

「結……」

「ちゃんと最後まで聞いてほしい」

それでも、尚も結は口を閉じなかった。

「私が一度村に戻ってみると、村の人みんながものすごく驚いていたのを、今でもしっかりと覚えているよ。そして、それから聞かされたんだ。土砂崩れに遭ったこと、それで村の人の半数がいなくなったこと、私の両親も無事ではなかったこと、そして、私が村に戻ったのは、そんな事故から何十年も経っていたということ、をね」

一気に話し切ると、そこで大きくひとつ息を吐く。そして、自分の気持ちを切り替えたのか、先ほどまでの苦しそうな表情を仕舞い込んで、努めて明るい声を出した。

「私は、そんな現実が受け入れられなくて、どうしてかもう一度あの神社に戻ったんだ。外観は崩れていたけど、それでも中には入れたからね。神社内で一度落ち着いて、そうして外に出てみると、やっぱり私の感じているよりもずっと早く時間が進んでいたことがわかったの」

そこで僕は疑問を落とす。何十年も経っていたというのは、さすがにあの不気味な神社の仕業だとしても、あまりに突拍子もなさすぎると思った。

「何十年って、どういうこと？」

「多分五十年近く時間が経っていたんじゃないかな」

「五十年……」

「うん。おそらくは『祈豊祭』の祈りが長かったから」

「長かった？」

僕はオウム返しに聞き返す。祈りにそんなに時間を要するのだろうか。

「『祈豊祭』の巫女はね、お祈りをするため事前に神社に身体を置くことで、神様に近づけると言われているの。だからお祈りの三日前からひとりで神社に入るのが習わしなんだ。そして三日三晩、眠ることも食べることもせずに、ずっと祈り続けるの」

現代の人たちはそんなことやっていないと思うけどね。と結は付け加えた。

それは僕が思っていたよりも、ずっと過酷で厳しいお役目だと思った。それでも結はそれでみんなの役に立てるのならいいと、笑って言う。

「だから、きっと私が神社に入った時点で、その時間の変化は始まってたのかもしれないなって」

「そう、なのか」

「うん」

言葉が出なかった。あまりにも壮大で、僕には想像もつかない事象。僕だってあの神社の影響を受けはしたけれど、結が経験したのはそんなものとは比べようもない。出たときに知り合いはみんな年老いて、世話になった人はもしかしたら亡くなっているかもしれない、そんなまるで変わってしまった世界に直面したら、どうなってしまうのだろうか。

結の表情を盗み見るも、彼女は至って自然に微笑んでいた。その内にどんな疲弊が募っているのかなんて、もはや僕には想像もつかなかった。

でもね、と結は言った。その声は少し弾んでいるようでもあり、絶望と言い換えてもいい状況の中から光明を見出したかのような言い方だった。

「そうやって、まあ自分の家がなくなっていたからという理由でもあるんだけど、私は何度か神社の中で過ごして未来に行ったんだ。そうしているうちに考え始めたことがあって」

僕はその情報の多さに対して、喉が詰まったように言葉を発せられなかったので、代わりに首を傾げることで反応を示す。

「未来に行けるなら、過去にも行けるんじゃないかって」

そして、結の次の言葉は、それこそ、その言葉が光明になってもおかしくはないものでもあった。

「過去に戻れるってことは、みんなを災害から救えるかもしれないって！」

そうして結の瞳は煌めいた。夏の夜空に輝く星々よりも強く、その瞳は光を湛えていた。きっと、この光のことを、人は希望と呼ぶのだろうなと、僕はふとそんなことを思っていて。事実、文字通りにそれが結にとっての希望になっているんだろう。

「そして過去に行く方法を探し始めてね、きっと私はその方法を見つけたんだよ！」

けれど、光明に手を伸ばしたはずの結の言葉は曖昧な響きだった。

「きっと？」

「うん。なんとなく、一度は過去に戻れた気はしているんだけどね、過去に戻ったたっていう明確な記憶は全然ないんだ。そうして試行錯誤を繰り返しては神社で色々していたら、つい神社内で眠ってしまって」

そう言いながら結は僕の視線を貫いた。

「そんなところを、弥一が起こしてくれたんだ」

結と出会った日を思い出す。寝ぼけ眼で僕の方を見やり、僕の名前を呼んだこと。

「え、じゃああのときどうして僕の名前を呼んだのかも思い出したってこと⁉」

「いや、それはわからないんだ。というか、私は本当に弥一の名前を呼んだの？」

酷い言われようだった。

「呼んでたよ！　神社内で眠っている女の子がいきなり僕の名前を呼ぶんだから、あのときのことは忘れられないね」

「いやー、覚えていないんだよ、本当に。ごめんね」

それでも悪びれる様子のない結にため息でもつきたくなるところだったが、こんな呑気な話をしている場合ではないのだ。そう思って気を引き締めてあらためて結に向き直る、と。

「だから弥一」

結も、僕の方を向いていた。それも、きっと僕以上に真剣な面持ちで。

「あらためてお願いするね」

「………」

「私に手を貸してほしい。一緒に、みんなを助ける手助けをしてくれないかな」

再びの、結からのお願いだった。一度は見えない恐怖を前に断ってしまった願い。

けれど、僕は知ってしまった。あの神社のことも、過去にあった出来事も、そしてこの結という華奢な少女が、その身に抱えるあまりにも大きな重荷を、僕は知ってしまったんだ。

たしかに恐怖心はある。

それでも、今の僕は未曽有の恐怖よりも、このまま結をひとりにして、彼女がその重荷に潰されてしまうかもしれないという恐怖の方が、ずっと大きい気がして。

だからせめて、少しでも僕が彼女の重荷を肩代わりしたいと思った。

「弥一はほとんどこの村と関係のない人だから、お願いする相手を間違えていることくらいは理解しているんだけど……」

「いいや」

僕は怖気づく気持ちを押し退ける。

僕よりも、きっと結の方が怖いに決まっているんだ。

そしてなにより、この子が助けを求めているのは僕に対してであるし、僕はずっとこの子の力になりたいと、そう思っていたからこそ、あの夜に見つけた日から、ほうっておけなかったんだ。

だから。

「僕にも、手伝わせてほしい。村の人を助けるのを」

結のことを助けるのを。

そう、心の中で付け加えた。

「弥一……」

結は両の手で口元を覆い、その美しい双眸（そうぼう）を微かに揺らす。みるみるうちに目尻には雫が溜まっていき、その様子は感無量と表現するに相応しいものだった。泣いてしまうのだろうか、そう窺っていると、しかし僕の予想とは反対に、結は溜めた涙を流すことなく、思いきり破顔した。

「弥一～！」

二度目の名前を呼ばれたときには、僕は彼女に抱き竦（すく）められていた。

華奢で僕よりも頭ひとつ小さい女の子ではあるけれど、背中に回された腕から感じられる激しさや、嬉しそうに笑う彼女の表情の奥に潜む意志の強さは、見た目と違ってずっと逞しく、大人びて見えた。

僕も抱擁を受け入れ、腕に力を込める。

「僕も、頑張るから」

それが、彼女の重荷を肩代わりするための、最初の一歩の言葉だった。

そう、このときの僕はまだ、彼女の重荷を少しくらいなら一緒に背負えるだろうという慢心があって、それが間違いだということになにひとつ気づいていなかったのだ。

自室に戻ると、僕は明日から結との神社の調査に乗り出すべく、もう一度『霧山古文書』に目を通すことにした。

『霧山古文書』に書かれた事柄と、結の口から聞いた情報を、僕の脳内で繋げていく。

「土砂崩れの犠牲者の欄に結の名前があるのは、やっぱり神隠しに遭ったということが知られていないからなんだよな」

それなら犠牲者のひとりに数えられても仕方がないだろう。そう思いつつざっと犠牲者の名前を見ていくと、そこで違和感を覚えた。

「……空白がある？」

紙一面に余すことなく書き連ねてあった名簿の最後の頁に見過ごせない空白があったのだ。それは一見、文字を書いていたら中途半端に紙を使ってしまって、書くことがないから半分以上空白になっているみたいで。

「間違いなく前回見たときは空白のないくらいぎっしり名前が書かれていたのにな」

僕の記憶が間違いでなければ、そうだ。

その違和感を辿るべく、再度犠牲者の名簿を見返す。そこにもちろん結の名前も、そして結の親族であろう人の名前も記載されている。けれど、明らかにおかしな点が、そこにはあった。

「……死者、行方不明者、総勢538名」

そこだった。

以前見たときは、たしか594名だったか。少なくとも600名近くであったはずだが、それが目に見えてわかるくらいに減っている……？

僕の勘違いか、それともなにか要因があるのか。

たとえば、そう、たとえばではあるが。

僕や結の行動で、過去の出来事の結果が変わるとして。結が望んでいるように、過去の人々を救う術があったとして。

もしも、その結果がこの『霧山古文書』に反映されているとしたら。

もしも、こうして過去のことを知って、変えようという意志を持った人間の登場で、少しでも過去が変わっているとしたら。

この『霧山古文書』は、僕と、そして結とが、今後どうしていくべきかの指標になるのではないだろうか。

そんな推測を胸に、期待を滲ませる。

まずは結にこのことを話してみよう。もしもこの推測が違っていたとしても、記述された内容が変化していることには、やはり言及した方がいいだろうから。

そう考えて、僕はあらためて『霧山古文書』の内容をできうる限り満遍なく記憶しておこうと、入念に読み耽った。

翌日から、僕と結は『古川神社』の調査を始めた。

道をしっかりと確認しながら歩いていると、現在も神社としての形を留めている『霧山神社』と『古川神社』の行く道は、途中で分岐していた。最初『古川神社』に間違えて行ってしまったのは、単純に慣れない土地の、しかも夜という視界の悪さが影響していただけのようだった。しかも『古川神社』への道は草木に隠れており、非常にわかりづらい。村の人が認識していないことも納得だった。

哲也と雅も、僕と結の動向を気になっていそうではあったけれど、なにも口を挟まないでくれた。今は見守ってくれているということだろう。

土砂崩れの影響で外観が半壊している『古川神社』は、やはり朽ちた神社というのが見るからの印象ではあった。けれど、異様な雰囲気が漂っているのも肌で感じられ、その禍々しさを前にすると生唾を呑んでしまう。

「この数日間調べていたことに関して、ほとんど収穫はなかったんだけど、ひとつだけ気になるものを見つけたんだ」

そう言い出した結は『古川神社』の裏手に回ろうとする。僕もそれについていくと、神社の裏手には、積み重なった瓦礫の奥に僅かながら戸のようなものが見て取れた。

「これは?」

「多分だけど、こっちから入ると過去に行けるんじゃないかなって踏んでる」

「過去に……」

裏から入れば逆に過去に行けるという発想は安直ではあったが、けれど結曰く他に過去へ行けそうな手掛かりも方法もないらしく、なにより裏の戸からも不穏な空気がひしひしと感じられることが、その言葉に真実味を帯びさせた。

「なにかありそうでしょ」

「間違いないね」

結の言葉に頷く。けれど、この裏手の戸の調査をしようにも、瓦礫が邪魔で手が出せない。これらを退かさなければ、入ることもままならないだろう。

「これ、どうしよう」

「まあどうにかしないと入れないな」

「私はこれをどうにかしたい気持ちも込めて、弥一に助けを頼んだつもりなんだけど」

結は懇願の眼差しを向けてくる。けれど僕ひとりの力でどうにかなるようなものでもないので、解決できそうになかった。

「僕ひとりではどうしようもないから、今は他にできることを考えよう」

「ちぇー」

唇を尖らす結だった。やっぱりわざとあざとい表情を作っていたのか。ついそう零したくもなる。

「でも、他にできることってなにがあるの？」

「神社内と外とでは、どれだけ時間の流れに違いがあるのか知っておく必要があると思う」

「どうやってするの？」

「僕に少し考えがある」

とは言っても、至極単純な考えなのだけれど。

時間の流れの検証には、結構な時間を使うだろうことから、その調査は明日に持ち越しとなった。明日は午前中から神社に行って、時間の流れを検証することになるだろう。

だからこそ、僕らは今山から下りてきて、その検証のための準備をしているところだった。

「おばあちゃーん」

もう通い慣れた『こんびに』で店主のことを呼ぶと、いつも通りのゆっくりとした動作で、おばあさんが店の奥から顔を出した。そんな店主に必要なものが置いてあるかを聞く、

「タイマーって、ある？」

時間の流れの違いを知る方法は、とても単純なやり方である。神社の中と外、その両方で同時にタイマーを動かし、どれだけ時間の齟齬があるのかを確認するという方法だ。

至って単純な方法ではあるが、どういった方法が効率的かつ正確なのかがわからなかったから、やはり単純な方法しか思い浮かばなかった。

「はいよ」

そう言った店主は、それからすぐに複数個のタイマーを目の前に並べてくれた。タイマーにもいくつか種類があるようで、それがこの辺境な村の変わったお店に揃っているのだから、さらに『こんびに』に対する面妖さが増した気がした。けれど便利なことに変わりはないので怪訝に思うことはない。

「本当になんでも置いてあるんですね」

「ほっほっほ。この店には代々継がれている誇りがあるからのう」

「埃が溜まっている、の間違いじゃな」

唐突に背後から声がした。少し掠れていて、それでも力強さのある男性の声だ。

「じじい、また来おって。あんたは来んでいいのよ」

「ばあさんはいつも寂しくしとるんじゃろ」

それからはおばあさんとおじいさんの悪口の応酬だった。

よく口が回って、いくらでも互いの悪口を言い合って、それでもものすごく生き生きとしていて。僕よりもずっと年上のふたりのはずなのに、とても無邪気な姿だった。まるで、喧嘩するほど仲がいいという言葉を体現しているようだ。

これもきっと『霧山村』という隣人との距離感が近い環境ゆえの光景なのだろう。

けれど、客である僕らをも差し置いて言い合いに没頭してしまっていたので、必要なものの代金だけ置いて店を出ることにした。

「それで、弥一はもう買いたいものは買えたの？」

「ああ。明日から始める調査の準備はもう万全だ」

と言っても、タイマーをふたつ買っただけなのだけど。

「じゃあどうしよっか。今日はもう調査をするには時間がないし、帰る？」

「それなんだが、結」

僕は真剣な面持ちで結に向き直る。僕の様子を察してか、結も居住まいを正して耳を傾ける体勢を作ってくれた。

「ひとつ、話しておきたいことがあるんだ」

話しておきたいこと、昨夜見つけた『霧山古文書』の内容が僅かながら変わっていたこと。それはきっと見間違いなどではない。過去の出来事を、その結果を、変えられる可能性があるかもしれないということを、話しておく必要があると思ったのだ。

『こんびに』から僕らは行き先を変えた。僕がふたりで落ち着いて話ができる場所を所望したところ、結が「連れていきたい場所があるんだ」と先導してくれたのだ。そして、まさか日が暮れかけているのにもかかわらず、結は躊躇いのない足取りで再び山へと入っていった。

「どこに行くんだ？」

「私のとっておきの場所だよ」

そう言う結は迷いなく進んでいるので、道に迷う心配はなさそうだった。また数日間も失踪したとなっては、村の人に申し訳が立たない。

道なりに歩いていると、そこは見えてきた。今まで何度も踏み入れてきた山ではあるけれど、今僕らが向かっている場所への道は、おそらく意図的には進んだことのない道だと思う。

そこは、山の一角の高台になっているような空間で、村全体や山の奥に見える海までが一望できた。

水平線に沈んでいく太陽は、そんな僕らの滞在している村も山も、そのすべてを燃やしているようで、幻想的だった。

「すごい景色だな……」

「ふふん、すごいでしょ」

薄い胸を張って我が物顔をしている結が、少しおかしくて笑ってしまいそうになる。けれど、彼女にとって思い入れのある場所に連れてきてもらえたことは、素直に嬉しかった。

「でもここ、どこかで……」

しかし、僕にはそんな眺めを一望できるこの場所に、どうしてか既視感があった。なんとなく、僕はここに来たことがあって、そしてなにか……。

酷く曖昧な記憶だが、確信としてその違和感は胸に残った。

「どうかしたかい？」

「いいや、なんでもないよ」

今考えてもどうにもならないと、思考を中断する。僕は今、結に話があってここにいるのだから。

「少し距離はあったけど、ここならふたりで落ち着いて話ができると思ったんだ。どうかな？」

「うん、申し分ない場所だ。景色もすごく綺麗だし」

僕が素直な感想を述べると、「えへへっ」とどこかむず痒そうに照れ笑いを結は浮かべた。

「それで？　私に話って？」

「ああ、それなんだけど……」

どう切り出そうか迷う。いきなり「『霧山古文書』に書かれている内容が変わったんだ」なんて言って信じてもらえるか。

まずは慎重に、順序立てて話すことにする。

「あの、『霧山古文書』。結は中を見たことはある？」

「違う時代で、ならあるよ」

なるほど、他の時代にも降り立っている結からしたら、目にする機会はあったということか。

たとえ時代が違っていても、書かれている内容に変わりはないのだから問題ないだろう。そう思っていた。

「そこに書かれていた土砂崩れの犠牲者数が何人だったか覚えてる？」

「どうしてそんなことを聞くのかはわからないけど、うん。もちろん覚えている。私はその数をなくすためにこうして未来にいるんだから」

減らすためにではなく、なくすために、そう結は言い切った。誰ひとり犠牲者を出さないと。

「人数は〝748名〟。これが私が助けるべき人数だよ」

「……そうか」

その数字は僕が予想していたものよりもずっと多かった。けれど、それに驚くとともに納得する部分もあった。

昨夜考えたように、もしも事故の結果を変えられて、その結果が『霧山古文書』に記されている内容に反映されると仮定したら。

今まで結がこうして行動してきたのに、その結果が変わっていないはずはないのだ。もしかしたら104年前当時は、本来もっと数多くの犠牲者が出ていたのかもしれなくて、それを結の行動が徐々に減らしていったのかもしれない。

「どうしたんだい?」

「結はすごいと思ってな」

確証はないけれど、もしもこの推測が正しければ。

結のしていることは人の命を救っていることに他ならないんだ。たしかに方法としては不可思議なものではあるけれど、事実数字は変わっている。そのおこないも、そして意志も、尊いものだ。けれど、それは同時に、酷く責任感の伴うものであり、およそひとりの少女が背負えるようなものではないと、そう思った。

それでも、僕はそんな結を支えるためにいるのだと、自らを鼓舞(こぶ)する。きっと僕にしか支えられないのだと自分に言い聞かせるように。

「そのことで話があるんだ」

「そのこと?」

「ああ、『霧山古文書』に記載されている犠牲者についてだ」

そう言って僕は常に持ち歩いている小型のバックから『霧山古文書』を取り出す。

「これを見てほしい」

付箋を貼っている土砂崩れの事故の犠牲者の総数が記載されている頁を開く。それを結に見せる。

「……えっ」

僕の言わんとすることを理解したのか、軽い驚きの声が漏れた。

「520名……」

結の声に同調するように、僕も『霧山古文書』を覗き込む。

結の発した通り、そこには520名と記されており、昨夜僕が見たときよりも減っている。今日の僕らのおこないも、間違いではなかったと、そう証明されているのかもしれない。

「弥一、これは一体どういうことなの」

「僕もまだ理解しきれていないんだけど、でもきっとこれは『霧山古文書』に書かれている通り、土砂崩れの事故に遭った犠牲者が減っているということだと思う」

「つまり……?」

「結の行動で、過去が変わっているという証拠なんだよ」

「………」

僕の言葉を受けて、結は顔を伏せる。その反応はどういう意味合いなのだろうとわかりかねていると、次には勢いよく顔をあげた。

「じゃあ、事故に遭った人たちを助けられるってこと!?」

「きっと助けられる」

そう肯定してやると、同時にこちらを向いた結と目が合った。そして。

「よかった……っ!!」

両の手で顔を覆って、半ば震えた声音で安堵の言葉を零したのだった。

微かに聞こえる嗚咽（おえつ）が、今までどれだけの不安を抱えていたのかを物語っているようだ。

異性の泣いている姿を見てはいけないのだと、妙な罪悪感を覚えつつも、それでも今だけは結のそばにいたいと思った。だから僕は、躊躇いがちに片手を結の後頭部に添える。

なにか声をかけた方がいいのではないかという気持ちもあったけれど、でも野暮ったいことは言いたくなくて。

だからこういったときにどう行動するのが正解かだなんて、僕の人生経験からは判断がつくはずもなかった。だからこそ、僕が昔されて落ち着いたという理由で、ただ頭を撫でてやりたくなったのだ。

どのくらいそうしていただろうか。

夕焼けが世界を茜色に染めていた時間は過ぎ去り、今ではすっかり夜の帳が降りていた。周囲に街灯なんてあるはずもなく、頼りは月明かりのみだ。

「ごめんね、弥一」

やっとのことで、結は僕の方へと顔を向けた。目尻のあたりにまだ赤みが残っているものの、浮かべている表情は穏やかなものだった。

「どうして謝るんだよ」

「みっともない姿を見せちゃったから。弱音は吐かないって決めていたんだけど、逆にホッとすると感情が収まらなくって」

「いいんじゃないか、たまには」

「そうかな？」

「そうだよ。僕の前でくらい、弱い姿を見せたって」

結はもうずっと、ひとりで頑張ってきたのだからと、そう言ってやりたかった。これからは僕もいるからと、そう言ってやりたかった。でもそんな直接的なことなんて言う度胸はなく、中途半端な言葉しか伝えられない。

「えへへ、じゃあ弥一の前だけではいっか！」

それでも、結はそう、精いっぱいはにかんで笑ってくれた。

それは、僕がずっと見ていたくて、きっと結と一緒にいたいと思った理由のひとつでもある笑顔だった。

「明日からは本格的に調査ができるからな、古文書に書かれた犠牲者の数も減っていくんじゃないか」

「なら、張り切っていかないとね！」

そうして僕らは、互いの拳をぶつけ合った。

なんかこういうのっていいよなと、そう思う。青春みたいで。

「とりあえず『霧山古文書』の犠牲者の数を減らしていくことを目標にしてこれからやっていこう」

「そうだね、それで私たちのやっていることは正しいか間違いかわかると思うし」

うんうん、と僕は頷く。そして結は、「犠牲者の数がゼロになったら、私は胸を張って帰れるんだ」そう、呟くように言っていた。

「…………」

「もう暗いから早く戻らなきゃだね」

「弥一？」

気づいたら結の手を握っていた。握っていてそれに気づいた今でも、離さなかった。

申し訳なさを覚えつつも、それでも結の手を握っていたかった。

帰る。

その言葉が、どうしても頭に引っかかった。

「ねぇ弥一ってば。いきなり積極的だね」

笑いながら茶化してくれるけど、僕は笑えなかった。帰ってしまったらどうなるのか、もう会えないのか、そう考えてしまって。

そして、そんなのは嫌だったから。

「準備が終わったら、元の時代に帰るの？」

「帰るよ。最初からそう言ってたでしょ？」

その確認が苦しかった。

そうだろうか、と思ったことはあったけど、それでも見ないふりをしていた。けれど、それがもうできなくなって、渦巻く不安に直面してしまって、だから聞いた。

結の返答は確固たるものだった。揺るがないと思った。風呂に入ったときもご飯を食べているときも、そんな思考が僕の脳を支配していた。

つまり。

結といられる時間は、限られている。

　翌日、僕は朝食を摂ると、すぐさま家を出た。

　かなり早い時間から結と待ち合わせをしていたため、昼食などは携帯している。今日の調査はどれだけの時間を要するかは正しくはわからないから、準備も入念にしてきたのだ。

「おはよ、弥一」

「ああ、おはよう」

　昨夜はあまり眠れなかったため集中力を欠くのではないかと心配をしていたが、結の顔を見ればそんなことは杞憂に思えた。不思議と活力が湧いてくるのだから不思議なものだ。

「よし、行きますか！」

　ふたりで頷き合って山へと入っていく。

　木々の隙間から漏れる朝陽や、活発になり始めているセミの声は、夏を感じさせ溌溂とした気分にさせてくれる。こういった環境も、慣れてしまえばいいものだと思えてくる。すっかり僕も村の人間になっているということだろうか。

　道なりに進むと、もう通い慣れた『古川神社』が見えてきた。

　一見瓦礫の山にも見えるそれは、しかし相も変わらずに異様な空気を醸し出しているようで、来慣れたと言ってもこの空気感にだけは未だ慣れず、底冷えのする恐怖が汗となって背中に流れ落ちるのを感じる。

けれど、僕はもうこの程度じゃ怯まない。そう主張するように、結よりも先に自らの足で神社へと向かっていく。

「今日の調査は、神社内の時間が外の時間とどれだけの違いがあるのかを知るためのものだ」

「うん」

僕の説明に神妙な面持ちで耳を傾けてくれる。

「やり方は単純、このタイマーを神社の内外でそれぞれ同時に使って、どれだけの差があるかということを調べるんだけど、なにか質問はある？」

「ええっと、タイマーというものはどう使えばいいの？」

盲点だった。結は今の時代には来たばかりなのだから、タイマーなどの機器の扱いは難しい。

スタートとストップ、至極単純な動作を教えると、結は驚きの声をあげていた。100年前でもタイマーくらいありそうなものだとも思ったけれど、『霧山村』という辺境の村で生まれ育ったのなら、それも仕方のないことだと思った。

「これを神社の内側と外側で同時にスタートさせるんだけど、できそう？」

「うん、もうばっちりさ！」

結はそう元気よく言うと、屈託のない笑みを浮かべた。

「前回この神社に入ったとき、少しの間だけだったのにも関わらず四日も経過していた。だからどれだけ時間の差があるかがあまりわからないから、神社の中にいる時間をなるべく短くしたいと思っているんだ」

「ふむふむ」

僕の言っていることを理解してもらえているか定かではないが、とりあえず話を進めることにする。

「だからとりあえず、神社の中に入る人は五秒間だけ。そして外にいる人は中の人が出てくるまでタイマーで時間を計ったまま待機。という形にしたいのだけど」

「たったの五秒でいいの？」

「ああ、一秒じゃ短すぎてタイマーを使うのさえ難しいだろうけど、五秒ならある程度計れるかなって」

「まあよくわからないけど、了解！　とりあえず私は神社の中に入ったらタイマーで五秒計ればいいんだね」

そう言いつつ、結はタイマーをぴったりと五秒で止めてこちらに見せつけてきた。

「え、すごっ！　じゃなくて、結が神社に入ってくれるのか？」

「もちろん」

「どのくらい外の時間が経過するかわからないし、安全の保障もないけど……」

「大丈夫。前一緒に入ったときは五秒以上いたはずだし、なにより私はこの神社の巫女だからね」

　その言葉は、途轍もなく力強かった。巫女としての責務なのか、生き延びた人間としての責任感なのか。でも、その力強さは、僕にとってはどこか寂しいものでもあった。

「わかった。じゃあ神社は結に任せるよ」

「うん、任せて！」

　結の方がずっと心細いはずなのに、僕はそんな彼女の笑顔に毎回救われている気がする。情けないことこのうえないが、しかし今回は待つことも調査のひとつなのだと言い聞かせて、僕は真っ直ぐに結の方へと向いた。

「じゃあ、神社内に入って、戸を閉めた瞬間にタイマーを起動させて」

「うん、わかってる」

「僕も同時に計り始めるから」

「うん」

「五秒経ったらすぐに出てくるんだよ」

「うん」

「なにかあったら……」

「大丈夫!!　なにも心配いらないよ」

「あ、ああ」

「待っている方は心配かもしれないけど、私はちゃんと帰ってくるから。だからいつ私が戻ってきてもいいように、ちゃんと待っててね」

そう言って、昨日とは立場が逆転して結が僕の頭を撫でていた。

背丈の低い結が必死に手を伸ばしている姿が妙に微笑ましくて、僕の無駄な緊張感は薄れていった。

「ありがとう、結」

「いいえだよ」

少し無言になって、お互いに視線を交わらせる。そして。

「じゃあ行ってくる。まあ五秒だけど」

「ああ、僕はちゃんと待ってる」

そう言って結は戸を開け、神社の中へと入る。

そうしてお互いにタイマーを構える。

次の瞬間にはトンッという軽い音を響かせ戸は閉まり、僕はタイマーをスタートさせた。

これが『古川神社』の実態を暴くための、最初の実験だ。

午前中に山入りし、昼前には調査を始めたのだが、やはりすぐに結が戻ってくるということはなかった。思っていた通り、内外での時間の齟齬(そご)は大きいようだ。

昼下がり、少しの罪悪感を覚えつつも、持参したおにぎりをひとりで頬張る。

「一緒に食べた方がずっと美味しいはずなのにな」

なんて零しつつ。

結が神社に入ってから、すでに四時間が経過していた。

日が傾き始めた。

今日はこうして神社の前で微動だにしない時間を半日送っているせいで、僕の身体はある意味傷だらけだった。

定期的に全身に吹きかけている虫除けスプレーも、その効果をくぐり抜けてきた虫には刺されてしまい、またなにもせずにずっと同じ場所に居座るという、言わばひたすら待つ時間は、思った以上に精神がすり減るものだった。特に安全の保障がない調査をしているのだから尚更だった。

動きがあったのは、そろそろ日が暮れてしまいそうな、空のオレンジ色が色濃くなってきた頃合いだった。

どことなく不吉な印象のあるカラスの鳴き声が遠くから聞こえてきたとき、もうかれこれ七時間以上凝視している『古川神社』の戸がガタッと音を鳴らした。そして、崩壊している割には立て付けの良い戸は、スーッと開かれていき、中からは数時間前となんら変わりのない結が顔を出した。

「やあ、弥一。ただいま、と言っても私からしたら五秒しか経っていないんだけどね」

「はぁ……」

思わず安堵のため息が漏れる。

「それにしても、たったの五秒入るだけで日が落ちてしまうなんて、この神社はすごいね」

呑気にそんな感想を呟いている結を尻目に、僕は胸を撫で下ろす思いだった。ただずっと待ち続けるということが、これほどまでに精神的に疲弊するとは思ってもみなかった。

「あれだ、結。この調査は寿命が縮む」

「たしかに、自分だけ未来に行ったりして、寿命とかどうなってるんだろうね？」

「はぁ……」

僕の心労を知らずにそんなことを零す結に、再びため息をついた。

「まあそれはそうと、神社の中はなにもなかった？」

「うーん、たったの五秒しかいなかったからね、以前との変化に気づけるとも思えないよ」

「それもそうか」

そして、気になるのはタイマーの表示する時間だ。

「それで？　外の世界はどれだけ時間が進んでいたの？」

気にするところは同じようで、そう聞いてきた。

「ちなみに、私のタイマーはぴったり五秒だよ」

そう言って、今朝と同じように五秒と表示されたタイマーを自慢気に見せてきた。

特技といってもいい気すらしてしまう巧みさだった。

そして、僕の持つタイマーに表示されている数字は。

「八時間三分、四十三秒だな」

そして、ここまで大変な時差があるということは、少しのタイミングのズレですら大きな時差となるだろうから、三分は誤差の範囲。おそらくは、神社の中の五秒間は、外の八時間に相当するということだ。

そう思考を展開したまま、僕は手頃な木の枝を拾うと、スマホの電卓を片手に時間差を地面に書いていく。

つまり。

五秒間＝八時間。

一分間＝四日間。

一時間＝二四〇日間。

一日間＝十五年と二八一日間。

となる。

「随分時間の流れが違うんだね」

「ほんとにな」

その差は五七六〇倍だ。もはや想像のつかない速度で神社内の時間は進んでいる。こうして調査をして、その実態を目の当たりにすると、戦慄してしまうような恐怖すらあった。

しかし、僕らはそれを利用しようとしているのだから、我ながら大したものだと自嘲したくもなる。

「しかし、この中で一日過ごすだけで十六年近くも時間が過ぎるんだな……」

その頃、僕の周りは社会に適応して仕事をこなしていたり、それこそ家庭を持っている人だっているだろう。そんな未来は今の僕からしてみれば遠く離れた話であって、具体的な想像もできないけれど、しかし、この神社でひとたび一日間過ごしてしまえば、周囲だけはそんな想像もついていない未来になっているというのだ。

この神社は、時間の跳躍は、現代という時間を置き去りにできてしまう。

「…………」

僕はちょっとした親との揉め合いの末、家にいたくないという一心で家出をしてこの『霧山村』に来たのだけれど、さすがに十六年もの間帰宅しないというのは考えられなかった。

「どうしたの、弥一。もしかして怖気づいた？」

隣を窺うと、なにやら僕を煽ろうとしている結が目に入った。

この華奢な少女は、100年ものときを越えて今ここにいる。過去を救うために、一度過去を置き去りにしているということだ。

「いいや。結はすごいと思って」

こういった時間の流れに、結の境遇に直面すると、何度だって考えてしまう。

すべてを置き去りにして、それでもそのすべてを救うためにただ己の身ひとつで行動できる意志の強さを。

「い、いきなりどうしたのさ」

「素直にそう、思ったんだ」

「褒められるのは嬉しいけど、そんな直接言われると照れちゃうなぁ」

えへへ、と頬を掻く結は、ほんのりと顔を紅潮させる。

この子のために、僕はもっと力になりたい。そう思うと同時に、もしもこの神社を使って過去に戻れるとしたら。そのとき、僕はどうすればいいのだろう。そんなことを考えてしまう。

僕はただ、結の笑顔を見ていたいだけなのに。

ひとまずは、調査・検証がうまくいったことを喜んでおこう。内外の時間差を知れたのは、間違いなく僕たちからしたら大きな成果であるはずだ。

そうやって脳内を一度落ち着かせていると、妙にそわそわしている結が視界の端に映った。

「弥一弥一」

「どうしたの、トイレ?」

「違うよ！　というかそんなことわざわざ報告しないでしょ！」

随分と勢いのある突っ込みが返ってきた。

「ならどうしたのさ」

「今日って『霧山古文書』持ってきてる？」

「ああ、あるけど」

「例の人数、確認してみようよ」

なるほど、それが気になっていたというわけか。

たしかに僕らは今日、『古川神社』の仕組みに迫ったわけだし、間違いなく前進した一日だった。だからこそ、『霧山古文書』の内容を確認してみることはいいのかもしれない。

「えーっと、どうなっているかな」

開いた『霧山古文書』をふたりして覗き込む。月明かりしか頼りのない場所で見づらさはあったけれど、たしかに目視で確認できた。

内容は変わっていて、犠牲者の数は、466人に減っていた。

「これって……！」

結の声は興奮を抑えられていないようだった。

「弥一！　減ってるよ！　すごい、まだまだ人数は多いけど、それでも確実に減ってる……！」

「ああ、減ってる」

やはり、この古文書に記載されている内容の変化が、僕たちのしていることが正しいか否かの指標になるのだ。僕らの用意が整えば整うほど、犠牲になった人の数は減っていく。そして全部を整えたときには、結の目的が達成されるのかもしれない。

憶測でしかないけれど、それでもあり得ない話ではないと思う。

「こうして僕たちが頑張れば、きっと犠牲者をなくせる」

「うん、うん……！　弥一、ありがとっ！」

笑みの絶えない結は、勢いのままハイタッチを何度もしてくる。僕も一緒に嬉しくなって、結と手を合わせるのだった。

一歩一歩着実に進んでいけば、ゴールは見えてくる。だからこそ、すべきことをしっかりと見据えることが大事だ。


それから三日後。

僕と結は、哲也と雅を呼び出して僕らの今やっていることをふたりに打ち明けることにした。

さすがに『霧山古文書』のことや結の正体、その目的までは話さなかったけれど、『古川神社』という、時間の流れが変わって未来に行けてしまう場所があること。そして、きっと『古川神社』の存在こそが、この村に伝わる神隠しの正体だ、ということを話した。

僕と結がこれからやるべきことは、過去へ行く方法を見つけること、すなわちあの神社の裏に積まれている瓦礫を排除するということだった。それを僕と結でやるには途方もなさすぎるため、最低限知られても問題なさそうなふたりに協力を依頼したのだった。

「やっとか」

「やっと……？」

「私と哲也はね、ふたりが頼ってきてくれるのを待っていたんだから」

哲也と雅は口を揃えて言っていた。僕と結がなにかを企(たくら)んでいることは気づいていたけど、自分から話してくれるまでは手も口も挟まないと、そう決めていたらしい。

「でも、まさか神隠しの正体がタイムスリップだったとはな」

飄々(ひょうひょう)とした表情のまま哲也はそう言った。雅はまだにわかには信じられないといったところだろうか。

「ということは、弥一と結さんが失踪したのも、その神社で雨宿りをしていたから、ということなんだな」

「そういうことだよ」

僕の代わりに結がそう返事した。僕としてはようやくあの神社の性質に慣れてきているところだというのに、さすがの哲也は呑み込みが早すぎて感心しきりだ。

「でも、その神社の周辺には瓦礫が多くて邪魔になって、調査が進まないから、私たちの協力が必要ってことなのね」

「さすがみゃーちゃん、話が早くて助かるよ！」

同じ屋根の下で過ごしているからか、女子ふたりは随分と砕けた関係になっているようだった。みゃーちゃん呼びに渋い反応を示していた雅も、今では難色なんて示さずに朗らかに受け入れている。僕なんて、未だに家の中では哲也とほとんどコンタクトがないというのに。

「それじゃあ早速その神社とやらに行ってみるか」

哲也の掛け声をきっかけに、僕らは初めて四人で『古川神社』に向かった。

哲也と雅は、揃って驚きの声をあげた。

『古川神社』は、その崩壊したままの姿を、ふたりにも晒していた。僕と結にしか見えない幻の神社なのかもしれない、だなんて考えたことも一度や二度はあったけれど、そんなことはなかったようだ。いっそのことそんな幻であってくれた方が気が楽なのに、なんて考えてしまう。

「こんな場所があったなんて、知らなかったな」

「ええ。私も全然知らなかった。村長の娘として村のことはほとんど把握している自負があったのだけど」

一様にそんなことを零すと、次にはその神社の現状に言及した。

「でも、酷い有様だな」

「そうね、もう人が使える建物じゃないわよ」

そう言いながらも雅は好奇心からか、なんとか形状を維持しているように見える神社の戸に手をかけようとする。

「待って。開けてはだめだ」

反射的に僕はその行動を制止した。

雅も僕の剣幕を感じ取ったのか、すぐさま手を離し「ごめん」と謝った。少し強い言い方になってしまったかもしれないなと反省しつつも、この神社の危険性を知っているからこそ、やはり危ない真似はさせられない。

「じゃあ、俺たち四人でこの瓦礫の山を片付ければいいんだな」

空気を読み取ってか、哲也はそう声をかけてくれる。僕もそれに乗じて行動を開始することにした。

「ああ。特に神社の裏の方を重点的にお願いしたいんだけど」

「任せとけ」

その頼りがいのある言葉を合図に僕らは瓦礫をどうにか片づけていく。僕と哲也は大き目なものを動かし、結と雅は男ふたりをサポートするといった役割分担だった。

思っていた通り一日では終わらず、結局その作業は三日間もかかってしまった。

僕と哲也とで頑張っていたら、途中結と雅のお手製おにぎりなどと水筒に入った味噌汁の差し入れがあったりして、役得なんて思ったりもしたのだけど。


「なあ弥一、起きてるか」

そう、家の中で哲也から初めて声をかけられたのは、瓦礫撤去作業を終えた夜のことだった。

就寝が基本早めのこの村が寝静まった深夜に、哲也が僕の借りている客間にいきなり顔を出したのだ。

「哲也が珍しいな。どうしたの」

「少し話がしたくてな」

そう言うと、哲也は僕のそばへと腰を下ろす。

「まずは、俺から弥一のことをこの村に招待したのに、あまり案内とかできていなくて悪い」

こうして同じ屋根の下で生活しているのに、あまり接点がないというのを、哲也は気にしてくれていたみたいだ。

けれど、村の人はみんな親切だし、それに結にも出会えたから、退屈なんてしていない夏休みを送れている。少なくとも、気まずい自宅にいる夏休みなんかよりは、ずっと有意義だろう。

「哲也忙しそうだから、別に気にしてないよ」

「そう言ってもらえると助かる」

夏休み前半は村の子供たちの兄として肝試しの準備に追われ、後半は村長の代理として『祈豊祭』の準備に追われているらしい。とんでもなく大役だった。

「巫女役を雅がやるから、俺が補佐をしないといけなくてな」

「雅ちゃんが巫女……」

口を閉じていれば大和撫子な雅が、和装で巫女として祈りを捧げる姿は、とても絵になりそうだなと思った。それに、巫女の役を代々引き継いできたと言われている『古川家』は、すでにこの村からは消えた名であり、そのお役目を、村を治めている家が継承しているというのは納得だった。

けれど、そんな村長の家が、かつて巫女の役目を担ってきた古川の姓を持つ女の子を、『旅人』として匿(かくま)っているという事実は、これも縁というものなのだろうか。そう考えてしまう。

「まあ俺が忙しなくしている理由はそんなところだ」

しかし、哲也は僕に対してそんな説明をしに来たわけではないだろう。そう思い本題を促す。

「それで、僕に話って？」

「ああ」

哲也はそう返事をすると、一拍の間を空けた。その間は、話し出すまでの息継ぎというよりは、妙な緊張感が伴っていて、どうしてか話し出しづらいという哲也の気持ちが感じ取れた気がした。

「……結さんのことだ」

「結の？」

このタイミングでわざわざ僕に声をかけるということは、あの神社のことか、もしくは結のことだとは思っていたけれど、用件はなんだろう。

まさか、結の目的や正体を知ろうとしているのだろうか。

「単刀直入に言う」

「…………」

「俺も、そして弥一も、〝昔〟結さんに会ったことがあるんだ」

いきなりなにを言い出すのかと思った。

結はいわゆる『旅人』で、あの神社を用いて時間を跳躍してきた、本来僕らとは生きている時代が違う人間なのだ。そんな人に〝昔〟会ったことがあるだなんて、おかしいではないか。

「先日、弥一を歓迎するための会食の際に彼女を目の当たりにしたときは驚いたし、目を疑った。でも、間違いない。俺の記憶している結という独特な読み方の名前に、あの容姿、忘れられるはずがないだろ。彼女は、結さんは、昔会ったときから〝一切姿が変わっていないんだ〟」

そこには、弥一は忘れてしまったのか？　という疑問が込められていた。

「昔って、だって僕はこの村に来たことなんて一度しか……」

「そのときなんだよ、会ったのは。俺たちがまだ小学生になったばかりの頃。弥一、山の高台から落ちて、怪我をしただろ？」

過去に一度だけ『霧山村』を訪れた際に、僕は怪我を負った。その記憶はたしかにある。

どういった成り行きだったかまでは思えていないけれど、僕は山の高台から落下して、怪我をしたんだ。

ただ、それは怪我だけで済んだことが奇跡のような事故だった。まず間違いなく、年端もいかない僕はなんの抵抗もできず地面に打ち付けられて死んでいたはずだった。

けれど。

僕は助けられた。

ある、ひとりの女性の手によって。

当時の僕からしたら、とても優しくて勇敢なお姉さんに見えていて、そんな人が僕の憧れになったことは、もはやとても自然な流れだった。顔立ちとか、身長とか、そういった記憶はあまり覚えていないけれど、彼女の歌声が僕の夢に繋がったし、なにより僕のことを救ってくれて、そして僕の憧れの人として記憶にあり続けた。

僕がこの夏、親と言い争って家出をする理由になった、『作曲家になる』という夢は、印象に残っているフレーズを自らの手で曲として完成させたいという気持ちと、なにより僕の救われた気持ちを、どうにかして他の人にも伝えたいと思ったからだった。

「幼い頃、弥一のことを助けてくれたのが、結さんだったんだよ」

そして、哲也はそう言った。

憧れとして記憶し続けていた僕でさえも気づかなかったことを、こんなにもさらりと。

僕の憧れは、この夏ずっと近くにいたのだと。

# 第五章　時間と記憶と、そして決意と。

瓦礫の撤去作業を終えて、随分と開放的になった『古川神社』の境内。

僕と結は、そんな神社の裏側に回り込んで、隠れるようにして存在する戸をじっと見つめていた。

「これで過去に行けるんだろうか」

昨夜哲也から聞いた話で、僕は今にでも結と話がしたかったが、それでもまずはすべきことはしようと、意識を神社に集中させる。

「きっと行けるよ。準備はいい？」

今回の調査は、僕も神社内に入ることになる。

前回と違って過去へ行く場合、どうしても待ちようがないからだ。もしも結がひとりで過去に行ったとしても、過去の僕はそれを知らない。本当に過去に行けるかどうかを検証するには、ふたり同時に実行する必要があった。

しっかりと現在時間を把握し、未来へ行くのと同じ速さでの時間遡行なのか、そして本当に過去に行けるのか、その二点を重視しての実験だ。

「行こう、弥一」

「ああ」

「大丈夫、一緒なら平気だよ」

「そうだな」

結の笑みに、僕も笑みを返す。以前の自分よりは、きっと強くなったと言える気がした。

そうして、不気味な雰囲気が感じられる戸に手をかけ、開ける。裏手から入ったところで特段なにかが違うわけでもなく、内装は変哲もない見覚えのあるものだった。

そして、タイマーを構える。たったの五秒間だけだが、それでも緊張感は拭えない。五秒経ったらすぐに外に出て、村に戻って日付と時間を確認するのだ。

「じゃあ閉めるよ」

「うん」

結と互いに意識を共有させ、タイマーの操作へと集中する。

そうして、扉を閉めた。今から時間の跳躍が始まる。

ふたりして声に出してその秒数を数えていく。五秒というのはあっという間のことで、

「1、2、3、」

「5」という互いの声が交わったとき、勢いよく戸に手をかけた。のだが。

「あれ」

戸は僕の意思と力に反して、開かなかった。いくら力を入れようとも、押してみても引いてみても、その戸は開かない。

僕の様子から異常を察知したのか、結の心配そうな顔が向けられる。

「大丈夫、きっと開くから」

なんの確証もない気休めの言葉を吐くことしかできない。

「結、今何秒経った⁉」

「四十八秒だよ」

すでに外では三日以上が経過してしまっている。一刻も早く外に出なければ……。

「はぁはぁ……」

焦りからか動悸がしてくる。上手く呼吸ができない。それでも戸にかけた手の力だけは緩めることはしない。

一秒一秒とこの神社内で時間が経っていく度に、外では途方もない時間が過ぎ去っていく。そんな事実が僕の焦りをさらに煽ってくるようだった。

それに裏手の戸から入るのは初めてなのだから、果たして狙い通り過去に行っているのか、それとも未来に行っているのかなんてわからなかった。

「弥一弥一、二分経っちゃう」

「大丈夫だから……」

神社内は外とは違って大して暑くもないのに、全身から汗が止まらない。どうにかしなければ、そんな焦りが僕の胸中を埋め尽くしそうになる。

思考が短絡的になってしまっていたとき、おもむろに服が引っ張られる感覚があった。隣にいる結が、僕の服の裾を掴んだ感覚だったようだ。

結の方に振り向くと、その視線は交錯する。

多少の焦りと恐怖、そして多分に信頼が込められた眼差しは、僕の原動力とするには十分すぎるものだった。

この子を守らなければいけない。昔僕のことを助けてくれたのが結だと、哲也から聞いて、それが本当だったらなによりも感謝を伝えなければいけないけれど、それでも、そんなことを抜きにしても僕は結のことを守りたいと思った。

そして、唐突に、扉はなんの抵抗もなく開いた。まるで外側から鍵を外してもらったかのように。

「出られた〜」

「はぁ〜」

ふたりして安堵の声を漏らす。

実際、閉じ込められてしまったときの焦燥感は凄まじいものだった。

「どうしていきなり出られなくなっちゃったんだろうね」

「どうしてだろうな」

そして、どうしていきなり出られたのかも不明だ。神社の内外でなにか問題があったのか、それとも今のタイミングでなければ出られない理由でもあったのか。なんにせよ、意図的に僕らを外には出させないという、言わば意強い意志のようなものがあの神社には感じられた。

「とりあえず村に戻ろう、話はそれからだ」

僕の掛け声に、結は素直に頷いてくれた。

「もう日も落ちちゃってるね」

「ああ。僕たちはどれだけの時間を越えてしまったんだろう」

そもそも、ちゃんと過去に来られているのか、それも怪しい。

村に近づいてくるなり、いつもの夜の『霧山村』よりも幾分か騒がしい様子が窺えた。なにかをしているのか、それともまた僕らが失踪したとして、捜索されてしまっているのか。タイマーの時間は二分半を越えていたため、時間としては十日以上は過去になっているはずだ。

喧騒に近づくにつれ、村の輪郭が露わになってくる。主に男性陣の声のようで、その雰囲気は僕らが捜索されていたときに酷似していた。

思っていると、哲也を見つけた。互いに姿を認識すると、僕は手をあげて反応を示すものの、哲也はなにやらただならぬ剣幕で近寄ってくるではないか。

「哲也、どうした……」

「今までどこに行ってたんだ!?」

言い切る前に、哲也の言葉が覆いかぶさった。

先ほどまで僕が抱いていたような焦燥感とはまた違った種類の焦りがその表情には感じられ、哲也の必死さがありありと見えた。

「状況が呑み込めないんだけど、なにがあったんだ？」

僕の返事に、しかし哲也はその剣幕を変えないまま怖い顔をして言った。

「なに言ってんだよ、弥一」

「…………」

「お前たちふたりとも、四日間どこ行っていたんだ」

それは、以前にも哲也の口から、しかも同じ状況で聞いた言葉だった。

四日間、哲也はそう言った。もしも僕と結が時間遡行に成功している場合、少なくとも十日間は姿を消しているはずだから、なにかがおかしい。

僕は思い浮かんだ可能性を確認すべく、至極単純な質問を、哲也に投げかけた。

「……今って、何日の何時だ？」

僕の問いへの返答は、二週間近く前の、僕と結のふたりが初めて入った神社から出てきた日、すなわち以前の失踪から帰ってきた日だった。

結果として、僕と結は過去に行くことに成功はした。

そして、神社内に滞在した時間と戻った時間を考えるに、過去に行くのも、未来に行くのと同じ時間の流れだろうこともわかった。

「でも、どうして外に出られなかったんだろうな」

あの閉じ込められた約三分間。どうして出られなかったのかと考えたものの、理由はまったくもって思い浮かばなかった。神の気まぐれというやつだろうか。

ともかく過去に戻れるということがわかっただけでもよしとしておこう。

その後は、結と話し合って、できうる限り以前と同じ過ごし方を心がけようということになった。以前と同じように、僕は失踪したことへの謝罪に回り、村長へ説明をしに行き、それから結の力になるために『霧山古文書』を入手する。結はその間、やはり僕とは別に行動してもらう。

本来辿った過去を変えてしまうと、未来がどう変化するかわからないという危機感から、僕らはほとんど同じ道筋を辿れるように意識して二度目の日々を過ごした。

僕らはそれなりに上手くやっていたと思う。以前過ごしたのとなんら変わりのない日々を送っているのだという実感もあった。『霧山古文書』を入手してからは、哲也と雅に協力の申し出もし、『古川神社』の境内に積み重なっている瓦礫も撤去し始めた。

けれど、その中でも以前とは明らかに違うところが二箇所だけ存在していた。

「結、これを見てほしい」

以前の時間でいうところの、偶然結と夜に会ったタイミングでのことだ。以前は「知らない方がいいこともある」と軽い拒絶をされたときである。そのタイミングを、今回は結との情報交換に使う。

僕はそう言うとともに『霧山古文書』を結に手渡す。

僕の意図を察したのか、なにも言われずとも結は開いてほしい頁を開いた。そして、犠牲者数の欄を見て、結はその大きな瞳を、一度瞬かせるとさらに大きく見開いた。

「えっ、68名……？」

「そうみたいだ」

明らかに『霧山古文書』に書かれていた犠牲者の数が減っていたのだ。その数は、僕が二度目のこの時間で『霧山古文書』を手にしたときから、何倍もの数が減っていた。これは、僕らが過去に行ったことも間違いではなかったという証拠だろうか。

しかも変わっているのは犠牲者の数だけではない。以前は「村人の半数以上を呑み込んだ凄惨な事故」と記載されていたところが、「不幸中の幸いと言うべきか、事故の規模に対して死者数は少なかった」という内容に変更されていた。

「すごい、こんなに減って……」

「あと少しだね。結はもう何百人もの村の人を救ったんだ」

結は以前から『霧山古文書』に書かれている犠牲者の数が減る度に喜びを露わにしていたけれど、確実に目的に近づいた今回の変化に、その喜びもひとしおだろう。ぷるぷると震えていて、声も出ないようだった。

「でも、これじゃだめだよ。ちゃんと犠牲者はゼロにしないと」

けれど、結はそんな吉報に慢心することなく、自らの目的を口にする。決して妥協を許さないその姿勢がかっこいいなと思ってしまう。

「そうだね」

「あと少し、よろしくね」

「あ、ああ」

あと少し――、その言葉が胸の奥深いところに薄っすらと、それでも確実に靄を残した気がした。

これが、ひとつめの変化だった。

そして、もうひとつ。

それは唐突な出来事だった。

僕と結、そして協力してくれている哲也と雅とで瓦礫の撤去作業をおこなっていたときだ。以前と同じ要領で作業を進め、滞りなく進めていく。

それは僕らの行動が何事も順調にいっていることへの油断だったのか。

主に僕と哲也で重いものを担当していたのだけれど、そのときに限っては女性陣も随分とやる気だった。男顔負けの腕力で結も雅も運んでいくものだから、むしろ感心しているくらいだったのだけれど、僅かに、結の運んでいたものが近くに積まれていた大きな瓦礫、おそらくはなにかを支えていたのだろう柱に触れてしまったのだ。

そして、その柱は、そんな僅かな接触のみで重力をかけていた向きを変えた。つまり、運悪く、たしかな重量を伴った瓦礫は、結を目がけているように倒れていったのだ。

「――危ないっ!!」

僕が咄嗟にそう反応できたのはどうしてだっただろう。

常に結のことが気になっていて、彼女の存在が視界に収まるようにしていたからか。それとも、偶然近くにいて危機的な状況が視界に飛び込んできたのを見て反射的に動けたからなのか。理由はわからないし、どれでも当てはまりそうなものだけれど、その瞬間自分の身体を動かせた自分を素直に称賛したい。

僕は自身の身体を盾とするように、結を押し倒してその全身を、自分の身体で覆ったのだった。

直後、全身に一瞬だけ鈍痛が走り、その痛みが少し遅れて脳に届いたことによってか、プツリと照明の電源を落とすように、僕の意識は暗転した。

夢を見ている。そんな実感があった。

妙な浮遊感は、夢を見ているとき特有の感覚だろうかと思ったけれど、そうではなくて、実際僕自身の身体が宙に浮いているみたいだった。

ただ、浮いていると言っても、その身には間違いなく重力がかかり、垂直に落下している。浮いているという表現はあまり正しくはない。

唐突に地面という名の死が迫っていることがわかる。なんの抵抗もなく、次の瞬間には僕の身からあらゆるものが弾け飛ぶだろう。

けれど、僕はこの夢を見るのが、これが初めてではなかった。

僕が地面に触れる直前、迫りくる死への臭いは、けれど何事もなかったかのように掻き消された。

強い衝撃に、たしかに痛覚は反応していたけれど、それで僕の天命が尽きるということはなく。痛みと同時に、柔らかな感触が、僕の身を包んでいた。

ああ。

これは、僕の見ている夢でもあり、僕が経験した記憶でもあるものだ。

今から約十年前に初めて訪れた『霧山村』での、経験してしまった落下事故。哲也と雅とで遊んでいた高台から、雨で足元を滑らせてしまった不幸な事故。ふたりの悲痛な叫びが頭上から聞こえてきたことを、今でもよく覚えている。

それでも、僕は死ななかった。

ある程度の怪我は負ったものの、それが致命傷に至ることもなかった。

僕は助けられたのだ。ある、ひとりの女性に。

名前も顔も覚えていないし、何度同じ夢を見ても、彼女の表情だけは靄がかかったように見えない。けれど、僕はたしかにこの女性に命を救われた。

「大丈夫？」

彼女は僕に問いかける。どこか、心地の良い声だと思った。

「だい、じょ……ぶ」

落下の際に身を襲った衝撃で、上手く呼吸ができていないことに気づく。息を切らしながらそう返事をするも、身体の奥、肺や打ち付けた背が、痛みに悲鳴をあげていた。

「ごめんね、声は出さなくていいよ。楽にしていて」

僕の苦悶の表情を見てか、優しい言葉を投げかけてくれる彼女。

そんな彼女の顔を一目見たいと、瞼を開く。ゆっくりと、視覚が光に慣れるように。

最初に目に映ったのは、どこまでも広がる重くて厚い曇天の空模様。そこから降りしきる雨のせいで、上手に目を開けていられない。それでもどうにか、僕は瞼をこじ開けて、僕のことを支えてくれている方へと視線を向ける。

この人が、僕を助けてくれたのか。

僕のことを助けてくれたせいで濡れてしまっている長い黒髪や、着物。けれど、そんな有様になろうとも、この女性の美しさは一切崩れてなんていなかった。何人(なんぴと)たりとも穢(けが)せないような純白の肌に、底の知れない漆黒色でありながら透き通った瞳。僕はそんな彼女から目を離せなかった。

「本当に大丈夫?」

形の良い唇から零れる言葉は、どれも優しいものばかりだ。

でもどうしてだろう。ずっと見えていなかったはずの彼女の表情が今だけは鮮明に見える。声も、顔も、仕草まで、僕の記憶に定着しているようだ。

僕はこの子のことを、以前どこかで……。

「あの……、名前を聞いても、いいですか」

僕は精いっぱいの息継ぎで、そうとだけ言葉を吐いた。言うべきことは他にもいくらだってあっただろうに、そう聞かずにはいられなかった。

「私の名前？」

　彼女も、唐突にそんなことを聞かれて、少し困っているようだった。それでも優しげな彼女は、そんな僕の問いにも快く答えてくれる。

「私の名前は結。人と人とを結ぶ、縁結びの結だよ」

　そう、結だ。

　僕はその名前を知っている。

　結、結、結、結、結……。

　その名前は、僕にとって、とても大切な人のもので。

　ああ、本当に、僕のことを助けてくれていたんだ。

　感謝と、そしてこの昂った気持ちが抑えられない。

　今すぐ会いたい、そう願う。

　だからこそ、僕は自分の中で、何度も彼女の名前を呼んだ。

　結――っ。

「結——っ」

はっと、意識が覚醒した。

僕は、自分の寝言の声で目を覚ましたようだった。

突然覚醒した意識のままに起き上がろうとするも、少し身じろぎしただけで身体の至るところから悲鳴のような痛みが走った。

「っ……！」

声にならない声をあげてしまう。

「あらあら、そんな熱烈に女の子の名前を呼んじゃって～」

僕のそばには、真知子さんがいた。どうやら僕は自分の借りている客室で看病をされているようだった。

身体の痛みから、僕は軽くはない怪我をしていることがわかってしまう。

「えっと、真知子さんが手当てを？」

「いいや？」

「じゃあ誰が……」

そう聞くと、真知子さんは立ち上がって言う。

「さっき、弥一くんが必死に名前を呼んでいた子だよ」

すると、少し離れたところに結の姿を確認できた。

そうか、僕はまた結に助けてもらったのか。

「まあそういうことだから、ふたりでごゆっくり」

それだけ言い残すと、真知子さんはそそくさと部屋から出ていった。

「…………」

じれったいような、少し気まずいような、そんな沈黙が横たわる。

なにを言い出したらいいだろう。どうやら僕は寝ているうちに結の名前を呼んでいたみたいだし、なんとなく気恥ずかしい。

そう頭を悩ませていると、結が先に口を開いた。それは、今まで聞いた結の声の中で、最も頼りないものだったと思う。

「弥一……」

「うん」

「弥一……」

「うん」

「……死んじゃうんじゃないかって思った。それが、すごく、怖くって」

「うん」

「私のせいだって、死んじゃうなんて嫌だって、まだ一緒にいたいのにって」

「……うん」

「弥一が目を覚ますまでそう考えてたら、目を覚ました途端、安心しちゃって……」

震えた声で、それでも「えへへ」と笑った。

「私のこと、助けてくれてありがとう」

「咄嗟だったんだ」

「嬉しかったよ。守ってくれたの」

「それならよかった」

「でも、怪我をさせちゃって、ごめんなさい」

「それも、いいんだよ」

そう、本当にいいんだ。

今度は僕が結を助けたいと、そう思っただけなんだから。君に救ってもらった命なのだから。

「だって、僕は結に、命を救ってもらっているんだから」

「え……」

弱弱しい声音に、驚愕の色が混じっているのを感じられた。

両手で口元を押さえて、その表情に驚きを露わにしているのが、見ずとも伝わってきた。

「弥一、そのこと……」

「ずっと、昔救ってくれた人が誰だったのか、思い出せなかったんだ」

こうして、今も肢体を満足に動かせ、息をしていられる、そんな未来を繋いでくれた人。僕はずっと忘れていた。思い出せなかった。ただ、誰かに救ってもらったという認識だけが記憶として残っていただけで。

「僕はね、この夏『霧山村』に逃げてきたんだよ」

そんないきなりの言葉に、けれど結は静かに耳を傾けてくれる。

「僕には作曲家になって、人の心に残る曲を作りたいという夢があるんだ。だから、その夢を追うために日々頑張っているんだけどね。でも、両親には反対されていて」

そんなことをしてもなんの役にも立たないだとか、その道で食べていけるのなんて一握りの人間しかいないだとか。そんなことに時間と労力を割くくらいならいい大学に進学できるように勉学に励めとか。僕の親は、そういったレールを敷いてくる、もとい強いてくる親だったのだ。

だからこそ、そんな息苦しい現実から逃避して、物語の中のような、ずっと遠い場所を求めて、僕は『霧山村』に来たのだと。

「そして、僕が曲を作ろうと思ったきっかけが、昔自分の命を助けてもらった経験があったからだったんだ。どうしても、自分は当時あの人に救ってもらったからこそ今があるんだっていう気持ちが頭から抜けなくて。気が付いたら、僕もそうやって、間接的にではあるけど、自分の作った曲で誰かに手を差し伸べられるようになりたいなって」

そこまで言うと、僕は痛む身体に鞭を打って上半身を起き上がらせる。

「っ！　弥一、大丈夫……？」

「ああ、このくらい、平気だから」

思いの外痛みが酷かったけれど、病院などに運ばれていないだけマシなのだろうと高を括る。

そうして、起き上がってやっと結の姿を見据えると、ちゃんと目を見て言った。

「だから結」

「…………」

「僕の方こそ、助けてくれてありがとう」

「…………っ」

「今から約十年前、結がいなかったら、僕は死んでいたんだと思う。でも、そんなところを結が繋ぎ止めてくれた。どうしてあのときに結がいたのかとか、そんなことはなにもわからないけど、それでも僕が救われたのは事実だから」

「本当に偶然だったんだよ。偶然あの時代に来て、私って事故のことで雨に敏感だからさ。気になって外に出てみると、今にも危なそうな子が見えて」

それに、と続けた。

「最初はあの日助けた子と弥一が一致しなかったし、一致したところで、怪我した記憶なんて触れない方がいいかなと思って。だから黙っていてごめんね」

「それでもありがとう」

「……うん、救えて、こうやってまた会えてよかった」

この瞬間が、きっと僕らの再会だったのだろう。

時間を越えた、命の恩人との奇跡の再会。

たしかにあの神社は、時間を置き去りにもするし、恐怖心は拭えないけれど、こうして奇跡すらも起こしてくれる。だからこそ、それを知っていた結は、あの神社に自身の願いを込めたんだろう。

「だからさ、恩返し、ではないけれど、僕は結の力になりたいんだと思う。今までもそうだったように、きっと無意識に結のことを気にしていたんだよ」

「夢に見て、名前を呼んじゃうほどに？」

「あぁ、まあ、そうだな」

「ふふっ、でも夢に見てもらえて、寝言で名前を呼ばれるっていうのは、嫌な気はしないね」

少し照れたようにそう言う結が、とても愛おしく見えた。

ぎゅっと、胸が締め付けられる感覚がある。

怪我をしている自身の身体が痛むものとはまた異なる苦しさ。もっと、自分の奥深く、もしも心という臓器があったのならば、そこをそっとそれでもきつく抱きしめられているような感覚。

ああ、そうか。

僕は、結のことが好きなんだ。

最初神社で見たときは、年頃の女の子がどうしてこんなところで眠っているのかという疑問から村に背負って帰ったことを覚えているけれど、そのときですら妙な胸の高鳴りはあった。それから彼女の容姿に見惚れ、愛嬌のある人柄に触れ、そして、どんな疲労を重ねてでも守りたいものがあるという強い意志をこの目で見てきた。そのうえ僕が長年憧れを抱き続けてきた命の恩人だったのだから、この好意を自覚しない方が難しかった。僕はそこまで鈍感ではない。

「ねえ弥一、聞いてる？」

思考の沼からどうにか抜け出すと、目の前には好意を確信した相手の顔が迫っていた。

「大丈夫？　やっぱり痛む？」

「あ、ああ。まあ痛くはあるけれど」

「どうしたのさ」

「あー、うん」

怪我の痛みよりも、僕の心臓の方が心配になるくらい稼働してしまっている。

「こんなに近づかれちゃって、ドキドキしてる、とか」

「…………」

そう思っていることをわざわざ口にしないでほしいものだ。急速に顔が熱くなっていくのを感じる。

「もう、なにか言ってよ。私まで恥ずかしいでしょ」

「ご、ごめん……」

しかし、こうして好意を実感してしまうと、今まで僕が結に対してどう接していたのかがわからなくなってしまう。言葉遣いも、距離感も、どうすればいいのだろう。

普通にしていればいいのだろうけれど、普通ってなんだ？

「ああー、そう、僕に話していたことってなんでしたの？」

わけがわからない言葉になってしまった。明らかに取り乱していることが伝わってしまう。

結は僕の言葉を聞くと、一度首を傾げ、その言葉のおかしさを理解したのか、声にならない笑い声をあげていた。

もう、好きな子を笑顔にできたのだから良しとしようと、やけくそ気味の前向きな思考で僕は無理やり羞恥心を振り切ることにする。

ひとしきり笑い終えると、笑いすぎたためか少し潤った目尻を人差し指で拭いとる。

「えっとね、怪我の状態を話していたんだよ」

その内容は、結構重要なことだったらしい。少なくとも当人である僕は聞いておくべき内容だろう。

「骨は折れてない。でも酷い打撲をしているから、当分は安静にしていること。特に右足の怪我が酷い。って、真知子さんが言ってたよ」

少し口調を真似ながら、結はそう説明してくれた。

しかし、足の怪我が酷いとなると、結の手伝いへの参加が難しくなってしまう。それは僕としては避けたいところだが。

「あぅ……っ！」

どんなものかと軽く力を入れてみると、右足を中心に至るところから悲鳴があがった。これは本当に安静にしていないといけないやつだと、文字通り痛感した。

「弥一はちゃんと怪我を治して」

「でも……」

「私のことを気にかけてくれるのは嬉しいけど、それでも私が怪我させてしまったようなものなんだから、付き合わせられないよ」

申し訳なさそうにそう言われてしまうと、返す言葉が見当たらなかった。

「毎日、こうして看病？　お見舞い？　に来るからさ。だからちゃんと安静にしているんだよ」

「……はい」

どことなく諭されている感じがして首を縦には振りたくなかったけれど、素直に従うことにした。今の僕がそばにいても足手まといもいいところだろうから。

「でも結、無理だけはしないでくれ」

「うん、わかってるよ。それに瓦礫の撤去はもうすぐ終わるし、そしたらあの神社でできることってほとんどなくなるから」

「それならいいんだ」

でも、もし神社でのすべきことがすべて終わり、『霧山古文書』の内容が、結の目的を果たしたものになったとき、彼女はどうするのだろう。

「また来るね」

「ああ」

「助けてくれて、本当にありがとう。……弥一、すごく格好良かったよ」

照れ笑いを浮かべながら、そんな言葉を残して去っていく結。

ただ、今だけはその喜ぶべき言葉を受けても、素直には喜べなかった。

好きだという気持ちは随分厄介だと知った。

僕は結と、絶対に離れたくないと思ってしまっていた。


痛さ加減でなんとなくは想像はついていたけれど、やはり僕の負った怪我は一朝一夕に治るものではなかった。結局僕は、自室待機と真知子さんから強く言われた。

引きこもるのなんて、僕の得意なところではあるのにこうも落ち着かないのは、結のことが頭から離れないからだろう。

彼女は宣言通り、毎日僕に顔を見せてくれている。

『こんびに』で買ったらしいお菓子を持ってきたり、村の人とした世間話を楽しそうに話してくれたり、どうにかして僕の退屈さを紛らわそうとしてくれていた。

その時間は僕にとっては楽しいものだったし、結に気を遣ってもらえているという空間がとても居心地の良い場所にすら思えた。けれど、その分、もっと一緒にいたいと、そう思うようになっていった。

「弥一」

「おお、哲也」

「怪我の具合はどうだ？」

「まだ動かすと痛いかな」

ときには哲也の見舞いもあった。というか、哲也に限らず、雅や、一緒になって走り回った子供たち、軽く面識のあるおばあさんなどまで、僕の怪我を聞きつけた人は、みんな来てくれるくらいだった。

正直、地元で僕が怪我をしようと病気になろうと、見舞いに来てくれるような友達は特に思い浮かばない。それが寂しいかと言われればそういうわけでもなく、高校生なんてそんなものだと思っていた。

ただ、この村の人たちが温かすぎるだけだと、そういう話だ。

「まあでも、最初よりは回復に向かっているみたいだな」

「おかげ様で」

特に哲也は、自身も怪我をすることが多いのか、湿布などの貼り替えも手際よくしてくれていた。

「結さんなんだけど、日中は未だに例の神社の方を中心に、あの剥げた山を見て回っているみたいだ」

「そうか……」

そうして、僕が気にかけていることを当然知っているように、結がどうしているかなどを教えてくれる。

ただ、「昔助けてくれたのは本当に結だった」という報告には「そうか」としか返してこなかったので、実際哲也はなにを考えて僕に情報提供をしてくれているのかはわからなかったけれど。

「なにをしているのかは知らないが、まあ危ないことをしているような感じではないな」

「僕からも、危ないことはやめてと言っているからね」

なにをしているもなにも、きっと結は準備をしているのだろう。入念に山の中をチェックしているということは、元の時代に戻ったときにどうやって村の人たちを救うのかを具体的に考えているのかもしれない。

気づけば『霧山古文書』も僕の手元から消えていて、きっと行動している結が持っていって、その都度犠牲者数を確認しているのかもしれない。

記載されている犠牲者数が、目標のゼロになって、結の役目は終えられようとしているのだろうか。もし、役目を終えられたとき、結はどうするのだろうか。

すでに数字として結果に出ている犠牲者の数は、結が過去に戻らなくとも救えた人数になるのではないか。なら、結はこのまま、僕の生きるこの時代に留まってくれるのではないか。

そんな僕にとって都合の良い考えばかりが脳内を埋め尽くし、それでもそれが自分の願望だと自覚すると、不安になってしまう。

特に暇を持て余しているこの動けない状態では、そんなことばかり考えていた。

「弥一」

哲也は、そんな僕の懊悩を知ってか知らずか、真剣な眼差しで僕の目を捉える。

「……………」

「後悔だけは、しないようにな」

「ああ」

「もちろん相手の気持ちを考えるのだって大事だし、尊重してやることも必要だ。だけど、自分の気持ちを大事にできないやつに、他人の気持ちなんて大事にできるわけがないだろ」

だから、と強めの口調で続けた。

「自分の気持ちを殺すな」

「…………あぁ」

そう返事することが精いっぱいだった。僕は自分の気持ちを、正しく満遍なく理解できていない。少なくとも、哲也のように、いつだって冷静に物事を判断できるほど、僕は大人にはなれていなかった。

たったひとつの、それでも初めて自覚した好意という感情にも、まだ慣れていないのに。


僕の気持ちとは、なんだろう。

僕はなにを考えていて、なにを最優先にしているのか。

僕が最も望んでいることって、果たしてどんなことなんだろう。

考えれば考えるほど、答えは遠ざかっていく気がした。


「弥一！　みゃーちゃんが花火持ってきてくれたって！」

僕が怪我であまり動けないということから、移動せずに楽しめるものとして花火を用意してくれたらしい。それも雅の計らいで。

「雅ちゃん、どんな風の吹き回し？」

「奥村くんだけ仲間外れにするのは可哀そうと思っただけよ」

少し恥ずかしそうに、それでもぶっきら棒に言う雅だったが、哲也と結はそんな態度を許さないようだった。

「どれが奥村くんが一番負担なく楽しめるかってめっちゃ考えていたのにな」

「本当はみゃーちゃんから、『奥村くん、花火なら一緒にできるかな』って言い出したくせに〜」

ふたりの言及に、顔を真っ赤にしている雅だった。

ほんと、哲也と結ってこういうときの容赦はないなとつくづく思う。

「でも、ありがとう。僕も花火なら問題なくできそうだよ」

そう素直に礼を言うと、しかし雅はそっぽを向いてしまった。

けれど、花火というのは存外に嬉しいものだった。僕のことを配慮してくれているのもそうだし、こうして同年代の四人で花火をするのも青春っぽくてどことなく気分は高揚する。それに、今年の夏は、ほとんど夏らしいことをしていなかったから、そういった意味でもよかった。以前の豪雨で資材が壊れ、やむなく中止になった肝試しの準備と、かき氷を食べたくらいのものだからな。

「にしても、相当量があるね」

雅の持つ花火は、手持ち花火や置き花火の類ではあるのだけど、その種類は枚挙に暇がなさそうだ。

「結局どれが弥一にいいかわからなくて『こんびに』にあった種類全部買っちゃったんだよ。ね、みゃーちゃん」

「もういいでしょ!!」

辱め(はずかし)を受けたと言わんばかりの真っ赤な顔で、雅は降参の意を示していた。

「でも、これだけあれば派手に遊べるな」

「弥一は怪我を気にしないといけないから、座ってだけどね」

釘を刺されてしまったが仕方がない。今は用意してくれたみんなの言葉に頷くことにする。

「よし、花火するぞ！」

哲也は掛け声とともに、ライターとシンプルな手持ち花火を数本取り出す。するとその全部を一度に火をつけて振り回し始めた。それに倣って雅も「こういうときの哲也って子供よね」なんて言いながら手持ち花火を両手に持って笑顔を咲かせる。

「僕たちもやろうか」

「そうだね。私、こんなにも綺麗な花火は初めて見たよ」

「そうなの？」

「うん。私の時代の花火に形は似ているけど、こんなにも色がなかったから」

そういうと、少し興奮したように手持ち花火を持ってくる結。僕は身体に負担がかからないようにと、縁側に座っての参加だった。

優しくそよぐ風に、風鈴が小気味いい音を鳴らす。そんな趣のある空間で手持ち花火までしているのだから、夏を満喫しているんだと実感できた。

哲也と雅はふたりで何本もの手持ち花火を使って星の形を作ろうと頑張っているみたいだ。

「弥一弥一！」

僕のそばにいてくれる結は、楽しそうに僕を呼ぶと、その色とりどりの花火を持って、宙に文字を書いていく。

「ちゃんと見ていてね！」

火花と、その後に残る煙で、その文字を脳内で形作っていく。

これは……、女子、と書いたのだろうか。そう思っていると最後に『き』という文字が書き足された。女子き……。

「えっ」

僕の驚き顔を見て満足したように、結は「えへへっ」とはにかんだ。

その文字は〝好き〟だったのだろう。

動揺してしまって、持っていた花火を落としてしまう。

「ちょっと奥村くん、火事になったらどうするの！」

そう注意をしてくる雅ではあったけれど、だって仕方がないだろう？　好意を自覚した相手から、もしかすると同じような言葉を投げかけられたのかもしれないのだから。

でも、結の恥ずかしげもない様子を見る感じ、僕の脳内で作り上げた都合のいい幻だったのかもしれない。

その後は、様々な種類の花火を消費していった。

手持ち花火に満足すると、噴き上げる置き花火をやってみたり、回転花火をやってみたり。その真新しさに結の目は好奇心で輝いていた。

のだけれど、爆竹をなんの説明もなしにやってみると、「ぎゃっ」という声をあげて驚くものだから、僕と哲也と雅は、三人して笑い合った。

「馬鹿にするなー！」

そう言っている結だって、無邪気な年相応の笑みを浮かべていた。

みんなが笑顔でいられる、この和やかな時間がこれからもずっと続けばいいと思う。夏の終わりには僕は地元に帰ってしまうし、結もやはりどうなるかはわからないけれど、それでもできるだけ長く今の時間が続くといいなと、ただ純粋にそう思っていた。

「最後、だね」

あれだけあった大量の花火も、もう残りは少なくなってきていた。

やはり手持ち花火の締めは、これしかないだろう。

「それはー、スボ手牡丹（ぼたん）？」

結がそう問いかけると、哲也は感心したように頷いた。

「よくそんな古い名前を知っているな。ちなみに、関東では長手牡丹と言うらしい」

そんな豆知識を披露しながらも取り出したのは、おなじみの線香花火だった。これを一目見て最初にスポ手牡丹と答えられる同年代は、やっぱり結しかいないだろう。一緒にいる分にはなにも感じなかったけれど、こうして僕の知らないような古い知識を目の当たりにすると、やはり過ごしてきた時代が違うのだなという実感が湧いた。今までは強いて言えば、雪という味のかき氷くらいのものだったから。

「はいよ」

そうしてひとりひとりに線香花火を配っていく。

きっといつもなら、「誰が最後まで落ちないか勝負ね」なんて言い出す輩がいるところではあるけれど、今回に限っては結の言葉がそれを許さなかった。

「みんなは知ってる？」

その問いはなにを指すものかわからなかったけれど、結が手に持っている線香花火に視線を落としたことにより、三人もまたその行動に注目していた。

「線香花火ってね、人生なんだよ」

「人生？」

「うん。線香花火の火花の散り方にはいくつか名前が付けられているんだけど、そのひとつひとつが、人の歩みに喩えられていてね。だから、人生とも呼ばれているんだよ」

そうしてみんなで線香花火の火をつける。

僕は縁側で座っているけれど、他の三人はしゃがんで人差し指と親指で優しく花火を持っている。

火のついた線香花火は、最初のほんの僅かな間だけ火種のような膨らみを作り出す。

「これが『蕾』。私たち人間が生を授かったときのことを表していると言われているんだ」

結の声とともにその火種からはパチパチと火花が散り始めた。

「次が『牡丹』。美しい花である牡丹に似ているところからそう呼ばれていて、人生で言うところの、私たちくらいの時期かな。生を謳歌し始める頃だね」

そして、線香花火の火花はさらに勢いを増していき、最も強い輝きを放つ。

「この激しく散っている感じ、松の葉に似ているでしょ。だから、この状態は『松葉』。結婚とか、出産とか、そういった人生の中の大きな出来事がある時期と言われているの」

次第に火花の勢いは衰えていき、枝垂れるように地面の方に向かって火の花は咲いている。

「これが『柳』。枝垂れ柳にそっくりでしょ。この、勢いの落ち着いてきた様から、育児などが一段落した時期に見立てられていて」

そうして結の説明を耳にしているうちに、散る火花もなくなり、また元の火種のような状態に戻る。

「そして、この落ちる前の状態が『菊』。花びらを一枚一枚落としていく菊の花に見立てられているらしいよ。散り際が美しいから、とも言われているみたい。これが人生の最後」

「あ……」

誰の声だったろう。次々と僕たちの持つ線香花火の火は地面に落ちていき、その輝きを失ってしまう。

そういった含蓄のある話を聞きながらする線香花火というのは、どこかしんみりとして感傷に浸るような、切なげな雰囲気があった。

「そう考えながらしてみると、案外深い花火でしょ、線香花火って」

説明を終えたとばかりに、結は得意げにそう言った。けれど、みんな軽口を叩くような雰囲気ではなくて、この空気にした張本人は少し戸惑っているようだった。

どうして、結はこんな話をしたのだろうか。

大した意味はないかもしれないし、気ままに思うままに言葉にしたのかもしれない。

それでも、僕にはそんな結の言葉の端々から、ある思いが垣間見えた気がした。

人の命の儚さだとか。

命はずっと結ばれているのだとか。

そして、今だけはその役目が自分にあるのだとか。

「この話を、忘れないでね」

結は最後にそうとだけ言って、話を終えた。

各々が、それぞれなにか感じ取ったことがあったのか、芽生えた感情を胸に仕舞い込んで、立ち上がった。

「もう今後、ふざけて線香花火とかできないわね」

どことなく気まずい雰囲気を察して気を利かせたのか、雅はそう言った。

「いやいや、好きに楽しめばいいと思うよ。みゃーちゃん線香花火好きそうだし」

「そうそう、毎年いつも自分ばかり最初に落ちて悔しがって、何度もやってるもんな」

「哲也、うるさいよ！」

そんな話に便乗して、いつも通りの軽快な空気に戻る。こういった様子が、気の置けない仲という感じがして、その一員として僕がここにいられることを嬉しく思った。

同時に、ずっとこうして四人でいられたらいいのにな、とも。

やっぱり僕は、結にずっと……。

奥村弥一という人間が、ここまで自分勝手で身勝手な人間だとは、僕は今まで生きてきた人生の中でまったくというほど気づいていなかった。

むしろ、あまり主張の強くない、善良で模範的な人間の部類に属するだろうと、割と高めの自己評価をしていたくらいなのに。

でも、自分の真意と向き合ってみると、善良とはかけ離れていて、どこまでいっても自分本位な思考が先行してしまっていた。

「……はぁ……はぁ」

松葉杖をつきながら、僕は『霧山村』を歩き回っていた。

僕が怪我をしていることは、気軽に見舞いをしてくれるようなこの村の特性上、もはやみんなの知るところではあったが、「リハビリです」という無理のある言い訳を貫いて、口々に言われる心配や注意の声を無視していた。

「結……」

昨日の花火のときから、僕はさらに結のことを考えるようになった。しかしそれはむしろ悪い意味だ。

結が目の前から消えてしまう。そんな直感じみた不安に駆られて、僕は居ても立ってもいられなくなり、こうして真知子さんの目を盗んで結を捜しに外に出てきたわけなのだが。

「やっぱり山の方に行っているんだろうか」

松葉杖を片手に、満身創痍の身体で山を登っていくというのは、あまり自信がなかった。途中で歩けなくなっても助けが来なかったら、というもしものことを想像すると、ギブスをはめられた足がさらに重くなる。

それでも。

——後悔はするなよ。

そんな哲也の言葉は僕の意識を駆り立てていた。

そう。たとえ僕の足に限界がきて歩けなくなって遭難したとしても、考えるべきもしもはこれではない。そんなことよりも僕にとってはずっと最悪のもしもが、脳裏には常に焼き付いているのだから。きっと、僕が結に対してずっと不安に思っていて、解消し切れていない考えは、そんな最悪のケースを無意識に想像する自分がいるからなのだろう。

「よしっ」

軽く頬を叩き、気合を入れる。

そうして、誰からの助力もなしに、僕はひとりで山の中へと入っていった。

山道に入ってから随分時間が経った。周囲に気を配りながら歩を進め、やっとの思いで『古川神社』に辿り着いた。のだけれど。

「ここにもいない、か……」

その事実に、疲労に歪んだ顔が、さらに険しいものになっていくのを感じる。

思っていた通り、怪我をしながらの登山は相当の労力と時間を伴った。通い慣れた『古川神社』までの道は、いつもの道とは思えないほど長く、そして危ないものだった。

右脚が一番大きな怪我で、そこを庇うように歩くのだけれど、それだとかかる体重の違いで左脚や両腕への負担が大きくなる。そこを気にしてしまうと足元まで気が回らずに、隆起した木の根などに足を取られることが多々あった。

それでも無理を強いて歩いてきたせいで、怪我は間違いなく悪化しているだろうし、もはや松葉杖を持って支える腕からすらも鈍い痛みが断続的に感じられた。

それでも、と。ただの意地だけで歩みを止めなかった。

「ほんと、馬鹿みたいだな」

そう零す。無理をしているところも、帰りのことを考えて行動していない愚かさも、それでも動こうとする意地すらも、馬鹿だと思った。でも、そんな自分が嫌いじゃなかった。むしろ、狭い世界の中で親の言いなりになっていた自分と比べると、好きだと胸を張れる。誇らしいとすら感じられる。

その清々しい自分の思考が、なによりも馬鹿だと思った。でも、それでいいんだと、そう思う。

そして、僕に心当たりのある中で一番遠い場所。以前結から教わって、そしておそらくは僕が約十年前に落下したのであろう、例の高台に来てみると、その姿はあった。

「えっ、弥一⁉」

松葉杖と片足を引きずっている独特な足音で気づいたのか、いきなり現れた僕を見るや、駆け足で寄ってきてくれた。

「そんな怪我で、ここまでひとりで⁉」

「まあね」

「というか、どうして⁉」

「結に会いたくて」

「昨日の夜も会ったし、後でお見舞いにも行くつもりだったよ⁉」

「それでも早く会いたかったんだ。それに家の中だとちゃんと二人きりにはなれないからさ」

珍しく声を荒らげた結は、そこまで聞くと盛大に「はぁぁぁぁあ……」とため息をついた。

「弥一って、もしかして馬鹿な人だったの？」

「僕も今日それに気づいたところだよ」

そんな軽口を叩くと、再び軽いため息をついたが「まあ来ちゃったものはしょうがないか」と諦めてくれた。

「結はどうしてこんなところに？」

きっと結が僕に対して聞きたいだろうことを、僕が先に聞く。

「なんとなく、かな。やることもほとんどないし、それでも気持ちが落ち着かなかったりすると、ここに来るようにしてる。『霧山村』の全体が見渡せるこの場所に」

以前からも、それこそ結がこの時代に降り立つ前からずっとそうしているのだというように。

「とりあえず、こっちにおいでよ」

結は持参したのだろう地面に敷かれたシートを指さす。地べたに座っても服装が汚れないようにという配慮をしているあたり、本当にここに通い詰めているのだろうことが察せられた。

「綺麗だよね、とっても」

ひとり用のシートに、ふたりして座ったものだから少し窮屈になってしまっていたが、そんなことは気にも留めないように結は目の前に広がる景色を見て言った。

眼下に見える『霧山村』に、山の奥に佇む広大な海。こうして見てみると、『霧山村』が陸地の端に位置する場所なのだということがよくわかる。

「こうして海が見えるのも、村全体を見渡せるのも、私の暮らしていた時代とほとんど変わってない」

「そうなの?」

聞きながら、僕は結の言葉を穿った見方で勘ぐってしまう。〝私の暮らしていた時代〟という言い方は、まるで今のこの時代で自分が暮らしているということを、認められていないような気がして。自分の居場所はここではないと、そう言っているみたいで。

「うん。でも、村は小さくなっちゃった」

それは、土砂崩れの事故で村までもが呑み込まれてしまったからだと、結は言っていた。

「昔はね、もっと人が多くて活気があったんだよ。山も海も近くにあるからさ、食べ物とかも豊かで、みんないつも笑ってた」

懐かしむような、慈しむような、そんな優しげに細められた瞳で語る結は、でも僕の意思とは反している結だった。

結の言いたいことが手に取るようにわかった。わかってしまうほどに悲しくて、わかってしまうからこそ言わせたくなかった。

「だから私は、元の時代に――」

「嫌だ」

それは、まるで子供が駄々をこねるようなわがままで。

「僕は嫌なんだ」

もしかしたら、本当に『霧山古文書』の犠牲者数はゼロになって、結は過去に帰る準備が整ってしまっているのかもしれない。それでも。

「僕は、大好きな人と離れるのが、どうしようもなく嫌なんだ」

そう言って、結を見据える。その澄んだ瞳を貫くように、じっと視線を合わせた。

僕だって本気なんだと、そう伝えるように。

「弥一……」

「今も、そしてこれからも、僕は結の隣にいたい。夏だけじゃなくて、これから来る秋や冬も、春だって一緒にいたい。そうやって、年を重ねていきたい」

僕の純粋な願望を前に、結は視線を僅かに揺らした。それは瞬きの間だけ僕へ向けていた視線を、眼下の『霧山村』に移したように見えて。それがなにより残酷なものだと思った。

「私もね、大好きな人とずっと一緒にいたいと思ってるよ」

この返事の声には、不安な音を孕んでいた。大好きな人、果たしてそれは、誰のことを指しているのか。

「以前私が助けた男の子がね、こんなにも優しくてかっこよくなって再会できて、そんな人が私のために手を尽くしてくれて、挙句の果てには好きだと言ってくれてる。そんなの嬉しくないわけがないよ」

「…………」

「私は、貴方と出会えてよかったって、心から思ってる。正直、このままこうして一緒にいられたらなって考えることもあるんだよ」

「じゃあ……」

「それでも、私には助けなくちゃいけない人たちがいるの」

そう言われても尚、僕は諦めることなんてできなかった。

「『霧山古文書』の内容が変わって、それでもう犠牲者がいなくなっているのなら、過去に戻んなくたっていいんじゃないか!?」

「きっとだめ。私がこの時代でみんなを助ける方法を見つけて、そうして『霧山古文書』に書かれた犠牲者数は減ったけど、それは私が過去に戻ってその見つけた方法を実践することで初めて反映されるものだと思うから」

「だとしても……!!」

どうやっても諦め切れない僕に、それでも結は「それにさ」と言葉を挟んだ。

「弥一は私を好きと言ってくれたけど、どうして好きになったの？　今までどんな私を見てきたの？」

それは恋愛の一幕としては、よくある質問だったと思う。

どうして好きになったのか。好きに理由なんていらない、なんて言う人もいるだろうけれど、それでもやっぱり結果として好意を抱いたのなら、その感情にまで膨らむ原因があるはずだ。結はそれを今、唐突に聞いてきた。

そして僕は、彼女のいろんな要素に惚れ込んでいることは間違いない。けれど、その中でも僕がずっと見てきた結というのは、常に一生懸命だった姿だ。

「私がさ、もしこのまま過去に戻ることをやめてさ、弥一と一緒にいることを選ぶとしてだよ。そうやって目標を捨てて、走るのをやめた私を、弥一は胸を張って好きだと言える？」

「それは……」

言える、と即答できなかった。というよりも、そんな結の姿が、僕には想像できなかった。

なにがあっても結のことをずっと好きでいられるとは本気で思う。けれど、そうして足を止めた結のことを今よりも好きになれるかは、わからなかった。

なにせ、僕は頑張っている結の姿に感化されて、それで好きになったのだから。

「だから私は、過去に戻るよ。弥一が好きになってくれた、私のままで」

「…………」

もう言い返すことも、言い返せることもなかった。

受け入れたくない現実を受け入れてしまうしか、なかった。

そんな僕を慰めるように、結の小さな掌が、僕の手をしっかりと握る。

「えへへ」

それはたしかな熱を帯びていて、生きている心地がした。

「だからさ、弥一。私がいつ過去に戻ることになるかはわからないけど、それまでは一緒にいよう。こうして手を繋ぎ合ってさ」

「……ああ」

「いいや、手を繋ぐぐらいじゃ、ちょっと物足りないかも」

そうはにかんで言うと、少し控えめに照れた素振りをして、それでもしっかりと僕の目を見て言う。

「抱きしめて、ほしいな」

そうして僕は隣にいる結を抱き寄せた。

以前にした抱擁とは違って、しっかりと情報が脳に伝達される。僕よりもずっと華奢な体躯に、心地の良い柔らかさは、結を異性だと意識するには十分すぎる情報で。

そうして互いを異性と意識した行為は、とても胸を高鳴らせるものだった。

熱くなっている顔を見られないように、もっときつく、結を胸元に抱き寄せた。

「あぁ、幸せだなぁ」

吐息とともに発せられる結の声。

けれど、それには涙も混じり始めていて。

「離れたくないなぁ……」

「……ああ」

僕が結と出会ってから、この瞬間だけが、唯一純粋に弱音を吐露したときだった。

「ずっとこうしていたいなぁ……」

結は泣いていた。

結は僕が感じていたよりもずっと、僕のことを想ってくれていたのだと知った。

過去に事故に遭った人たちを、ひとりも余すことなく全員救う。そんな大それた使命にも似た目的を負った少女は、それでもやっぱりひとりの年頃の少女には変わりないのだ。

「もっと色々な場所に行きたかったなぁ」

しかし、ひとりの少女としての願いは叶わない。

それを知っているからこその願望だった。

「ずっと、一緒にいたいなぁ……！」

その言葉を聞いた刹那、意識は途絶えた。

それは、まるで言ってはいけない呪文のように。

すべての繋ぎ目が解れて消えていく。

点と点、時間と時間、命と命とで結ばれてきた、これまでの歴史が次々と白紙へと戻っていく。

全部がなかったことになったように。

結の最後に口にした言葉を境に、すべては消えた。

結以外の、『霧山村』にあるもの、すべてが。

# 第六章　結ぶ

また夢を見ているのだろうか。

少しぼやけた映像のようなものが脳裏に浮かび上がる。視界というよりも、直接脳に送られてきているような感覚だった。その感覚をさらに鮮明にするために、僕はそっと目を閉じた。


ひとりの少女がいた。

ずっとひとりだった。

「私しかいないんだから、私がなんとかしなきゃ」

少女は挫けそうになる度に、自身にそう言い聞かせて奮起していた。

様々な時代、様々な人に会って、少女はある信念を胸にただひたすら走り続けていた。

気づけば自分のことを『旅人』と名乗り始め、そうして村人との接触を図った。ある時代では雨除けにいいとされるおまじないを教わり、ある人からは災害から回避する術を教わった。そういった情報を得る度に、少女は時間を遡り、過去にも未来にも跳躍し続けた。どのくらいの人を救えるのか、どのくらい災害を抑えられるか。それだけをひたすら考え続けて。

何度も、何度も何度も何度も何度も、少女は試して、その都度失敗した。

それは、その試行した数ぶん、自分の家族や親しい人の死を目の当たりにしている
ようなものだった。
結果、少女はいつの時代にいたってひとりぼっちだった。
今だって少女はひとりだ。

目を開くと、視界の先には、その少女がいた。
誰もいなくなった『霧山村』で、ひとり涙を流している。
「ごめんなさい。ごめんなさい。ごめんなさい……」
紡がれる言葉は謝罪のみ。
「でも、ひとりは……寂しいよ……っ」
少女は、ひとりきりの村の中で、声を殺して泣いていた。
村からは、少女以外の人やもの、すべてが消え去っていた。
不自然なほどになんの気配もなく音もない。突然なにもかもが消えてしまったので
はなく、元からそこにはなにもなかった、あるいはなにもいなかったと感じられるほ
ど、その静寂に違和感がないのだ。
ただ、そんな寂れた景色の中、ひとりの少女が俯いている。
どうにかしたくても、少女の涙を拭いたくても、少女のことを抱きしめたくても、

僕が介入できることはなかった。

まるで画面の一枚向こう側の光景のようで、いくら動こうという意思を持ったところで、それは叶わなかった。

少女の名前をひたすら呼び続ける。聞こえていないとわかっていても、それでもずっと呼び続けた。

それからどれだけ時間が経ったのかはわからない。空の色が数回変わったような気もするが、どうだってよかった。

そして、少女はおもむろに動き出した。

ずっと塞ぎ込んで泣き続けて、目元を腫(は)らした少女は、それでも立ち上がった。立ち上がり、僕の方へと近づいてくる。

「弥一……」

名前を呼ばれた。しかし、その声音からは力がまったくと言っていいほど失われていた。

「弥一、弥一、弥一ぃ」

少女は僕の居場所を探るように、手を伸ばしながら歩いている。

僕もそんな少女に応えるために、負けじと手を伸ばす。心細そうに、心底辛そうに顔を涙で濡らしている少女——結に、僕の存在を主張するように。

そうして結と僕の伸ばした手が、ちょうど重なったとき。

突如、視界はクリアになり、たちまち現実感を覚えていった。五感も機能し始め、生きている実感がする。

そう、まるで今までは生きている心地がまったくと言っていいほど、しなかったのだ。

辺りを見渡すとそこは村の広場であり、哲也も雅も真知子さんも、村の人が次々に目を覚ます。どうしてかみんな村の中で昏睡状態のようになっていたみたいだった。村中が催眠術にかかってしまったみたいに。

意識を覚醒させ、一息深く吐き出すと、目の前には結がいた。

艶やかなはずの黒髪は光を弾いているかのように暗んでいて、せっかくの大きな澄んだ瞳は赤く腫れあがっている。その表情は、雨に濡れた捨て猫のようで、すっかり弱り果てていた。

「弥一、弥一、ごめんなさい」

僕の名前と謝罪の言葉を、ただひたすらに繰り返す。

かと思えば、次にはいきなりどこかへ走り出していってしまった。

「どういうことなんだ……？」

なにがなにやらわからなかった。

僕は結とふたりで高台にいたはずなのに、気づいたら広場にいる。しかも、僕だけでなく村の人たちみんなの様子がおかしかった。

「とにかく結のことを追わないと……！」

最優先は現状の把握ではなく、結のことだ。

理由はわからないけれど、僕の怪我は随分と軽減されていて、痛みはまだあるものの、歩けないほどではなくなっていた。

結は山の方に向かった。どうしてか、ものすごく焦っていた。結がいなくなってしまうという直感があった。

僕は怪我の痛みなんて無視して、思い切り駆け出す。

結はきっと山の方へと向かったのだと考えて足をそちらに向けた。

すれ違う村の人たちは首を傾げている人がほとんどだった。口を揃えて「今までなにをしていたんだっけ」と不思議そうに言っていて、それは寝ぼけた様子にすら見えた。

また他の場所からは「えっ、時間が三日も経ってる」と驚きと焦りの声があがり、村人は一様にしてその三日間の記憶がないらしかった。

そう、僕ら『霧山村』にいた人間、その誰からもこの三日間の記憶が抜け落ちている。

　けれど、動揺なんてしている場合ではないと自身に言い聞かせる。『霧山村』全体で異常が発生していることの理由を知っているであろう結に、早く追いつく必要があった。

「結……」

　そこは『古川神社』だった。

　神社の前でうずくまり、なにかに怯えているように両腕で自分の身体を抱いている結がいた。

　そっとそばまで歩み寄る。近くで見た結の表情は悲痛なものだった。それこそ、世界の終わりでも目撃してしまったかのように。

「弥一……」

　縋るような視線を僕に向ける。その眼差しには、僕が今までずっと見てきたような、結が常に持ち合わせていた確固たる意志の強さがさっぱりなくなってしまっていた。

「どうしたんだ、結」

　努めて柔らかな声音を意識して、そう呼んだ。風に吹かれでもすればすぐに崩れてしまいそうな危うさが、今の結にはあった。

「みんな、いなくなっちゃった」

「………」

「哲也くんもみゃーちゃんも、弥一も。村にいた人、みんな」

それはその身に起こった恐怖を、ただつらつらと並べているようだった。

「私はずっと探したんだよ。急に弥一がいなくなっちゃって、それでよくわからなくって、ひとまず村に戻ってみても、そこには〝なにもなくて〟。村の人は誰もいなかったし、それになにもなかった。村と呼べるような場所ではなくなってたの」

「それは……」

結の言葉の意味が正確には理解できなかった。僕がおそらく意識を失っていた先ほどまでの時間に見た、夢のような映像。その中では、たしかに『霧山村』そのものがなくなっているような光景が流れていた。

「いつかは使われてたんだろう廃屋くらいしかなくてさ。明らかにもう何十年も、下手すれば何百年も使われていないような、そんな有様だったの。それで、どうしてそんなことになっちゃったんだろうって考えた。どうしてみんなが、弥一がいなくなっちゃったんだろうって」

そして、続ける。

「私はひとまず情報が書かれていそうな『霧山古文書』を探したんだけどね。それもなくなってたの。消えてたと言った方が正しいのかもしれない。私は最近肌身離さず持ち歩いていたから」

　そして気づいたの、と。

「全部私のせいなんだって」

「結の、せい……？」

「私が、本心で、弥一とずっと一緒にいたいって、この時代に留まりたいって、そう思ってしまったから」

　そう思ってしまったから、みんなは消えてしまったんだと、結は確信を得たようにそう言ったのだ。

「それは、どういうことなんだ。一緒にいたいと思うことが、どうしてみんなが消えてしまったことに繋がるんだ……」

　言ってから気がついた。

『霧山古文書』に書かれた犠牲者数だ。

　僕が最初に見たときは594名だった。それが最大の犠牲者数だと思っていた。けれど、他の時代に降り立ったときに結が見たその数は、748名だったのだ。それを聞いて、どうして僕は思い至らなかったのだろう。どうして決めつけていたのだろう。結が例の土砂崩れの事故のタイミングで、もしもあの神社に退避しなかったとき、要は、未来に行かなかったときの結果を。

　こうして今までの結の行動で犠牲者数が変わっているということは、なによりその結果に影響を与えたのは最初の一手であるはずだ。最初の時間遡行が最も一度に犠牲者数が減るという結果になっていて然るべきだ。

　僕が最初に『霧山古文書』を見たときの犠牲者数が594名。その時点で村人の半数以上が土砂に埋もれていたと書かれていた。僕と出会う前の結が、幾度も時間を遡ってだったら。

過去を変えた結果がその凄惨な記述だったのだ。

　もしも、結が過去に戻ることをやめた場合、つまり結の影響が過去に対してなにもなくなった場合、村は本来その事故で被った被害がそのまま反映されることになる。

そしてその被害とは。

「だからね」

　結がその言葉を発するのと、僕の思考が追い付いたのは、ほぼ同時だった。

「本来、『霧山村』はね」

　どうしようもなくて、それでもどうにかしようとした過去を、結は告げた。

「あの土砂崩れのせいで、なくなっていたんだよ」

と。

今から104年も前に『霧山村』は滅亡し、そしてその子孫にあたる哲也や雅、そして僕までもが村ともども消えてしまったのだと。そう言った。

「それでね、このことに気がついて、私は弥一と一緒にいることを諦めて、過去に戻ることに決めた途端にね、みんな戻ってきたんだ」

一緒にいたいと願うと離れ離れになり、一緒にいることを諦めてようやく顔を合わせられる。それでも、一緒にいることは叶わない。

皮肉だった。世界一の皮肉だ。

「だから、私は過去に戻るよ。戻らないと、いけないの」

すべてを知って、今を諦めた、そんな現実を噛みしめながら、それでも笑うように言った。

「そうしないと、私の大好きな人が、いなくなっちゃうからさ」

村の存亡を、数百人の命を、そのすべての責任を一身に纏った少女の笑顔が、なによりも強く、そして苦しかった。

三日後には過去へ戻ると、結は宣言した。

急ではあったけれど、日付を決めないと気持ちが揺らぐし、なにより、少しでもこの時代に留まっていたいと思えば犠牲者数が増えてしまうから、ということだった。

　だからその中の一日を使って、結の行きたいと言った場所に行くことになった。

「学校に行ってみたい」

「学校?」

「そう。100年も経てば、それは世界も一変しているだろうし、きっと行ってみたい場所だってたくさんあると思うけど、それでも今の私と同い年くらいの子たちが通っている学校に行ってみたい。欲を言えば弥一の通っているところがいいけど、さすがに遠いだろうからここから一番近いところに連れてって」

　その結のお願いを受け入れて、車を村長に出してもらえることになった。最寄り駅まででも車で一時間半もかかるのだから、そんな距離を、しかも真夏の陽射しのもと徒歩というのは無謀というものだろう。

　哲也と雅は気を遣ってくれたのか、ついてくることはなかった。二人の時間を過ごせと言われているようで、その配慮に感謝した。

　そして、重ねて雅には礼を言いたい。学校に行くのだからと、機転を利かせて結に制服を貸してくれた雅は、僕に対して力強くサムズアップをした。

　セーラー服姿の結は、控えめに言ってめちゃくちゃ可愛かった。

　結は制服に照れながらも、初めて乗る車という乗り物の機能性や、速度ゆえに移りゆく外の景色、そういった車の利点ひとつひとつに興味深そうな反応を示す。

それは車から電車に乗り換えてからも同じで、学校の最寄り駅まで三十分ほどある電車の中では、乗車している人もほとんどいないこともあって随分とはしゃいでいるようだった。その姿は年齢相応のあどけなさがあった。他の女子高生と同じように、学校に行くのが面倒くさいと愚痴を零すのだっていい。仲の良い女友達と恋の話で盛り上がったっていい。そんな年相応の当たり前を享受してほしいと、僕は強く思ってしまう。けれど。

彼女は、普通の女子高生ならまず背負うはずのないような重責を、使命を、ひとりで全うしようとしている。それが当然だというように。

そんな当たり前との齟齬が、とてつもなく悲しかった。

しかし、そんな思考を表情には出さないようにと気張っているうちに、学校の最寄り駅に到着した。

「ここが学校……」

「みたいだね」

最寄駅から徒歩十分程度、車通りはほとんどないものの整備され足場の良い道を進んだ先に、その施設はあった。

近辺は変わらず緑の多い景色が広がってはいるものの、『霧山村』とは違って全体的に〝町〟という発展の仕方をしている。本物のコンビニもあるみたいだし、学校などの施設もそういった印象に一役買っているのだろう。

言わば、ここが想像しているような田舎町であり、『霧山村』は時代と切り離された村と言ったニュアンスだろうか。

「学校、入ってみる?」

「え! 入っていいの!?」

「ああ、哲也が話を通してくれたみたいで、許可をもらってるよ」

本当に気の回るやつだなとしみじみ思う。

そうして正門を抜け敷地へと足を踏み入れる。校庭に部活動の活発な姿などひとつもなく、印象としてはもう使われていない寂れた学校、というものだった。実際にはもちろん使われているし、校舎には数人の教員、そして隣接された建物は寮になっているようで、そちらには人の気配はするのだけど。

学校までの距離は車に電車に徒歩と、片道二時間以上というかなりの遠さではあるものの、結の表情に疲労の色はなく、なにもかもが興味の対象といった様子で目を輝かせていた。

「ほら結、行くよ」

「うんっ」

差し出した手を躊躇いもなく取ってくれる結。そうして手を繋ぎながら僕らは学校へと入っていった。

まず職員室に赴き、来訪したこと、校内を見学させてもらう旨を伝える。

それからはほぼ無人の校舎を気の往くままに見学した。図書室、音楽室、各教室から体育館まで。それらひとつひとつが結にとって真新しいもののようで、笑顔と興奮が絶えなかった。

図書館の蔵書をすべて借りようとする結、音楽室に置かれた楽器全部に触れたがる結、体育館に備え付けられた様々な器具に興味を示す結。そんないろんな彼女の表情を、ひとつも見逃さないようにと。

「はぁー、面白かったぁ。学校ってすごいね」

「色々あるからな」

きっと100年前の学校と比べて多様化されたこの施設は、その時間の中で発展し、学び舎としての様々な用途を確立させていった時間の流れを体現してさえいるのだろう。

おそらくはその両方を知った結は文字通り驚きの連続だったに違いない。

陽の傾いた頃、僕と結は手頃な教室に入って窓際の席にふたりして腰をかけていた。

西日が朱色に染まりつつある中、そこらじゅうに影を落とし始めた世界が窓の外に広がっている。

都合の悪いものはすべて夕陽が隠してくれているみたいで。

それは、いかにも今から告白などのイベントでも始まってしまいそうな空気感だった。

「きっとこういうのを青春って言うんだろうな」

「青春？」

「ああ。青い春って書いて、青春。僕らみたいな年齢の人が、本来享受すべきものなんだと思う。多感で不安定で、それでも夢や希望を胸に抱いて無茶をできる時期。だからこそ人生を四季に喩えて青春だと言っているんだって、誰かが」

それは縁遠いものだと思っていた。僕は夢を抱くはいいものの誰にも理解されずに、正直青春とは違う時間を過ごしてきた。結だって、巫女という役職に、失ったもの奪われた時間の多さ、そんなものが重なって真っ直ぐに青春と呼べる日々が送れていないだろうことは容易に想像がついた。

「それでも……」

「うんっ」

「僕たちは今」

「青春してる！」

つまりはそういうことだった。

僕は結に出会えて、結は僕に出会えて。そうして時間が動き出し、無茶を繰り返し、時には助け合い、時にはぶつかり合い、最後には恋をして。

これは、間違いなく青春だった。

その言葉にどこか後ろめたさすら覚えていた僕が、結という女の子と出会ってはじめてそれを実感した。

自分の時間が動き出しているのを、どうしようもなく感じられる。

だからこそ、もう一歩踏み出してみようとそれを取り出した。

「結に聴いてほしいものがあるんだ」

「それは？」

取り出したのは携帯端末と、あの日、『霧山古文書』を手に入れるために忍び入った倉庫で偶然持ち出したイヤホンだった。

「前にも言ったかもしれないけど、僕には夢があってね、その夢を両親に認めてもらえなかったから、実家から家出して『霧山村』に来たんだ」

それは認められない無力さや歯がゆさに、駄々をこねて逃げ出してきた情けない自分自身だ。そんな自分を見せるのが嫌で繕っていたこともあったけれど、それでもやっぱり、僕に夢を見させてくれた結本人には、僕が精一杯にしてきたことを見てほしかった。

イヤホンの片耳を結に手渡す。

「これを耳にはめてみて。音楽が流れ出すから」

そう言って僕自身ももう片方のイヤホンを装着した。

夕陽だけが光源の、心もとない暗がりの中、その時間は穏やかにゆったりと流れている。

そして、それは流れた。

僕と結は聴覚に意識を集中させ、その旋律に身を委ねる。潮風と、それに揺らされるさざ波、照り付ける日光など。まるで夏という季節を切り取ったかのような景色を彷彿させる豊かな音色。しかし、それはどこまでも穏やかなもので、喧騒の類は一切ない。海水浴場というよりは、ひっそりと隠れた入り江にふたりきりでいるような、そんな感覚。それはどこまでも懐かしい感覚だった。心の奥深くに眠る、自分の中の遠い夏の記憶をくすぐられているような気分だ。

「素敵だね……」

雫すように結がそう呟くも、次第に聴覚は次の音を捉える。

「……っ」

急速に加速するメロディー。それは聴いている人の呼吸のタイミングを狂わせてしまいそうなほどに圧迫されたもので、心地の良いものとは言えない。まるでいきなり曇天が立ち込み、雷雨を伴った夕立に襲われたような感覚。

けれど、夕立とは言い得て妙で、すぐさまその圧迫感からは解放され、次第に落ち着きを取り戻していく。

そして、最後に流れるのは、あの旋律。

「あの海よりもずっと、あの空よりもきっと、遠い場所にいる君へ」

僕に作曲家という夢を見させてくれた、あの日結が歌っていたフレーズ、その音色。だから、あまり上手ではないけれど、その旋律に僕の歌声を乗せた。この曲を教えてくれた君に届けるために。

「これって……」

結がそれを聴いてたちまちに驚愕の表情を浮かべる。

「これが僕のしてきたことなんだ」

互いにイヤホンを置き、向き直る。

「僕はあの事故に遭って、結に助けてもらった日、結の口ずさんでいた歌を聴いて、それをどうしても忘れられなくて、自分で曲を作るようになったんだ。それが僕の夢」

「そう、だったんだ……」

「誰にも理解されないし、それで人気になれるのはひと握りの人間だけだ、なんて言葉は耳に胼胝（たこ）ができるほど聞かされてきたけど、僕の夢は違うんだ。いい曲を作ることも大事だし、人に好かれる曲を作るのもやっぱり大事だ。でも、僕にとってはなにより、今聴いてもらったこの曲を、満足のいくものにすることが僕の一番の目的だったんだ」

　夢が作曲家というのは名ばかりで、記憶に貼り付いた思い出の曲をオマージュするだけの自己満足にしかすぎないのが事実だ。

　でも。

「でも、僕にとってはそれが一番の目標で、そしてその目標を追い続けた結果、こうして『霧山村』に来て、結に出会えた。そしてこの曲は、今や君のための曲になっている」

「嬉しいよ、弥一。この歌は、私にとっても特別なものだから。この歌には過去も未来もずっと繋がっていて、いつだって自分はひとりじゃないんだよ、っていう意味が込められていてね。幼い頃から私が泣いていると、お母さんがよく歌ってくれたの」

　結は懐かしむようにそう言った。

　そして、この曲は込められた意味の通りに、過去と未来とを、こうして結んだ。

「結は事故に遭った村の人みんなを助けるのが使命だって言っていたけど、でもそんなこと言ったら、僕だってこの曲を完成させることも、こうして結に出会ったことも、すべては結を助け導くという僕にしかできない使命を果たすための過程だったんじゃないかって、そう思うんだ」

なにが言いたいのかというとね、そう前置きして言った。

「結が未来に行くという選択をしたときから、僕と結は繋がっていたんだよ。なにもかもが偶然に見えるけど、すべてはこのタイミングに僕らが出会うように仕向けられていたんだ、きっと。僕らは今までも、そしてこれからも、どこにいたって結ばれているんだ」

「弥一……」

きっと結は僕のことを巻き込んでしまったとか、辛い思いをさせるとか、そういった自責の念に駆られているのだろう。結はそういう子だってことを、僕はもう十分すぎるほど知っている。

「こうしてお互い好きになれたんだ。僕は心の底から結に出会えてよかったって思っているよ」

だから、と続ける。

「さっきの歌詞の続きは、きっとこうだ」

――世界のどこよりも遠いけれど、世界の誰よりもそばにいる君へ。

その言葉を境に、僕と結の影は重なった。夕陽で逆光になった僕らのシルエットは、いつまでもひとつだった。

置かれたイヤホンから微かに流れるリピート再生されたこの曲が、こうして結ばれた僕らの今を、次第に思い出に変えていくようだった。


あと二日だ。

「ってことは犠牲者の数は、結の目的に届いたってことなのか？」

「そうだよ。弥一が協力してくれたからここまでこられたの」

残りの二日間は、片時も離れることなく一緒に過ごした。

手を繋ぎ村を歩いた。それを茶化してくる村の子供には繋いでいる手を自慢するように掲げて見せてやったし、逆に哲也に対して奥手な雅には、もっと積極的にいこうというアドバイスまでした。

僕らの吹っ切れた様子を見て、哲也は結のことを察していたらしかった。そして、僕ももう、結を引き留めるなんてことは、この期に及んでできなかった。

誰とでも仲良くできる結は、きっと元の時代に戻っても人気者だ。たとえここを離れても、それでも結が『霧山村』というのどかな場所で幸せを築いていけるなら、それでもいいと強がることに決めていた。

「結は、元の時代に戻っても、ちゃんと幸せになるんだよ」

「しおらしいなぁ。でも、うん。私は私の幸せには妥協しないよ。だから、弥一も幸せになってね」

「もちろん」

　結のいない日常から幸せを見つける作業は、骨が折れそうではあったけれど、それでも僕が言い出した手前やるしかないと思った。

「でも、結のひ孫さんとかと出会うかもしれないよね。もしかしたら」

「えぇ、なんかそれ嫌だなぁ。私は私の子孫に嫉妬しなくちゃいけないの？」

「もしかしたら、また『霧山村』で結と再会できるかも」

「そのとき、私100歳越えてるけど、元気でいられるかな」

　中身のない、それでも楽しい会話だった。

「けど、弥一よりいい人を見つけないといけないってことが、難問かな」

「それは僕もだよ。結より可愛くていい子を見つけられる自信なんてない」

　そんな会話を恥ずかしげもなくした。たくさん笑い合っていた。

　そんな僕らを見守ってくれている村の人も、温かな視線を送ってくれていて、僕らが認められている、結の存在をみんなが認めてくれている。そんな空気感が嬉しかった。僕だけでなく、みんなにもこの子のことを覚えていてほしい。

だって、結はこの村の救世主なんだ。みんなの命も関係も、その全部を結んだ、ヒロインなんだから。


夜になっても、ずっと一緒に話していた。

しつこいくらいにねだって、どうにか一日だけ真知子さんに許可をもらった。借りている部屋で結と一緒の布団で寝ることを。最後まで一緒にいることを。

真知子さんは僕たちの事情を正確には知らないけれど、それでも一見みだらに聞こえる僕らの願いを受け入れてくれた。

「過去に戻って、どうやってみんなを助けるかは、決めているの？」

布団の中で、ずっと気になっていたことを聞いた。

たとえ過去に戻ったとしても、それだけで犠牲者が減るなんてことはない。未来で得たなにかしらの知識を使って、結自身がその結果を変えなければならないのだから。

「決めてるよ、もちろん。方法に気づいて、それから過去に戻ることを本格的に考え始めたんだから」

きっと、その方法を思いついたから『霧山古文書』に書かれた犠牲者数も減ったんだと思う、と続けて言った。

「方法って？」

「うん。この時代に来て、結構最初の方に気づいたことだったんだ」

それは肝試しの準備をしていたときらしい。

「それまでの私はね、土砂崩れからどうやって人々を助けるか、もしくは雨からの影響を減らすか、ということばかりを考えていたの」

「それは、『祈豊祭』があったからか」

「そういうこと。年に一度、豊作を願う『祈豊祭』は、村の人が安心して暮らせるためにしている意味合いが強かった。だから天候が悪くても『祈豊祭』は実施されたし、やるからにはたくさんの人が足を運んで、神社の外から私のことを見守ってくれていた。それが私を含めた村の人の当たり前だったから。山に入るということは、前提として私の頭の中にあったの。でも、この時代に来て、肝試しをやる理由を聞いたときは驚いたのを覚えてるよ」

当時は、自分の記憶も混乱していたから、ピンとくることはなかったけど、それでもなぜか肝試しの準備に自分も積極的に取り組まないといけないと思った。結はそう言っていて、要はなにかしらの使命感に駆られたらしい。

「肝試しをするのって、子供たちに山に対する恐怖心を植え付けて、山に近づけさせないようにするっていう目的だったでしょ？　それを聞いて、今まで無意識になくしていた考え方ができるようになって。だから、山にそもそも近づけなければいいんだなって」

「それで、まさか『祈豊祭』当日に、結が村の人みんなに、肝試しを仕掛けるってこと!?」

「それに近くなるんだと思う。でも、もっと確実に近づかないようにするけどね」

結はその方法を明言はしなかったけれど、それでも全員を助けられるということに一切の疑念もないようだった。もしも『霧山古文書』に書かれている犠牲者の数がゼロになっているのであれば、それに裏付けられた自信とも言い換えられるかもしれないけれど。

「あとさ、前にふたりで過去に戻ったとき、社の戸が開かなくて焦ったことあったの覚えてる?」

「ああ、もちろん、あのときはどうなることかと……」

「あれね、どうしてかわかった気がするんだ。哲也くんにも助言をもらったからだけど」

それはもう明かされないと半ば諦めていた謎だった。けれど、まさか理由があったとは。

「哲也くんが言うにはね、タイムパラドックスが生じるから、だって」

「タイムパラドックス……」

それは、時間遡行をして生じる矛盾のことだ。例えば、自分が生まれる前の過去に戻って、そこで親を殺すとする。その場合親が死んだのだから自分が生まれてくることはなくなるのだけど、でも生まれてこなければ親が自分に殺されることはなくなるという、答えの出ない矛盾。

「要は、同じ時間に同一人物がふたり存在するのはおかしいから、自分が存在している過去には行くことができないってこと。だからあの時、社の戸が開かなかったの」

「じゃあ、あのとき急に戸が開いて、過去に戻れたのはどうして？」

「あのとき私たちが戻った過去って、いつだった？」

「それはー、そう、僕と結が失踪したとして捜索されていた日……」

「つまり？」

「あっ、そういうことか！　村に僕たちが存在していない時……つまり、社に入っていた時間は世界に存在しないことになるからタイムパラドックスが起こらない。だから、あの瞬間だけは戻ることができたんだ！」

謎が解けた瞬間だった。

そうして僕らは一晩中話をした。共に過ごしたひと夏を思い返したり、他愛のないこと、僕らが互いに今までどんな生活をしていたのかなど。

スマホで今の時代の東京の写真、遊園地など娯楽施設の写真とかを見せると、とても関心を持ったように目を輝かせていたりもした。

「いつか行きたいな」

「いつでも連れてくよ」

「うんっ」

そんな口約束がとても切なくて、悔しくて。

それでも、結が笑顔でいてくれるなら、今はよかったんだ。

「そうだ、これ結にあげるよ」

手渡したのは、先日使ったイヤホンと携帯端末。携帯端末といっても電話の機能などは使えなくなった、音楽しか聴けないガラクタだ。

「いいの？」

「ああ、社の中では暇だろうし、これを僕の代わりに持って行ってほしい。タイマーの機能もあるはずだから使えるだろうし」

「ありがとう。弥一の代わりかぁ、これがあれば私は無敵ってことだね」

「無敵って大袈裟な」

「いやいや、これがあればいくらでも頑張れちゃう」

喜んでもらえてなによりだと、充足感を抱いていると。

「……あれ」

そう話しているうちに、猛烈な眠気が襲ってきた。

まだ結と話していたいのに。一緒にいられる時間が短いとわかっているから、眠る時間すら惜しいのに。それでも迫りくる睡魔に抗うことはできず……。

「弥一、本当にありがとう」

その言葉と、頬に感じた温かく柔らかな感触を最後に、僕の意識は微睡んでいった。


目を覚ますと、村はなにやら騒然としていた。

どうやら三日後に『祈豊祭』がおこなわれるらしく、その準備が始まったみたいだ。村の人たちが忙しなく、それはまるで先日この村に訪れた空白の三日間を埋めるかのように身体を動かしているみたいだった。

「あれ、結は……？」

しかし、同じ布団で寝ていたはずの結が、どこにも見当たらなかった。

それに、昨夜の記憶があやふやだ。雑談に花を咲かせていたことは覚えているけれど、僕がいつ寝たのか、結がいつ寝たのか、そのあたりの記憶がなかった。

「だいぶ疲れていたのかな」

けれど、少なくとも一緒にいたはずの結がそばにいないということは、僕にとって問題だった。今日まではこの時代に滞在していると、そう言っていたはずだ。『古川神社』の時間遡行がすごいといっても104年もの時間を越えるとなるとそれなりに時間がかかる。そのための準備を今日しようと話していたはずだから、大丈夫だとは思うけれど。

家中を探し回っても、やはり結の姿はなかった。けれど、その代わりに、探し回った部屋のひとつ、哲也の部屋の奥隅に『霧山古文書』が隠れるように置かれていた。先日の『霧山村』の消失の際、記す人がいなくなったことで『霧山古文書』も消えていたが、僕らが戻ってきているということは、『霧山古文書』もまた同様に存在しているというのが、道理だろう。

結が置いていったのか、それとも哲也か、はたまた失われていた『霧山古文書』が今になってよみがえったのか。

どのみち、僕はそれを開いた。ここのところは結が管理をしていたから、中身を見られていなかったのだ。結が目的を果たしたというのなら、その中の記述は以前見たときよりもずっと変わっていることだろう。

慣れた手つきで例の土砂崩れのことが記された頁を開く。何度も開いて確認して、その内容に結と一喜一憂した、感慨深い頁でもある。

僕の思っていた通り、そして結の言っていた通り、そこにはもう犠牲者が書かれている欄がそもそも消えていた。初めて見たときに驚愕した名前の羅列された頁はもうない。その結果に僕は嬉々として声をあげたかったけれど、でも僕はその文章を見逃さなかった。

『ひとりの村人が、土砂崩れで亡くなった』

そんな簡潔な文章だった。

そして、そこにあった名前は『古川結』。

唯一、巫女として山にいた彼女だけが、土砂崩れから逃げ遅れてしまったと、そう書かれていたのだ。

「嘘、だろ……？」

できることなら僕の手で幸せにしたかった。

けれど、それが難しくても、僕の手ではなくても、彼女がどこかで幸せな笑顔を浮かべて穏やかに生きていられるなら、それでもいいと思った。だから僕は、結の意思を尊重したし、別れが辛くとも彼女の背中を押してやろうと、そう思っていた。

「なのに……っ!!」

あれだけひとりで頑張り続けていた結が、そんな彼女だけが報われないなんて、どういうことだよ。

結の努力は、結のおこないは、いくら村の人を助けようとも歴史にも記録にも残らないものだ。その時代の人間の誰の記憶にも残らないものだ。称賛されて然るべきことなのに。それでも、そんなことは気にしないと笑うひとりの少女が、ひとりぼっちだった少女が。その死に際までひとりだというのは、いくらなんでも酷すぎる話じゃないか。

気づけば僕は、『古川神社』に来ていた。

なにに対する怒りかはわからないけれど、僕は今、憤りという感情に支配されていた。

「奥村くん……っ？」

そこにいたのは、雅と哲也と、そして結だった。

ふたりは『祈豊祭』での大役を担うはずだからそちらの準備に勤しんでいると思っていたのに、どうしてか『古川神社』の前にいた。しかも、相当な量の荷物を抱えて。

「ふたりはなにをしてるんだよ」

見ればわかることだった。

「結さんの手伝いだよ」

飄々とした様子で答える哲也。

「弥一こそ、なにしてるんだよ。起きたのなら手伝えよ」

おそらくは結が過去に戻るための準備、必要なものを神社前まで運んでいるのだろう。

けれど、僕はそんなことに言及することなく自分の目的を告げる。

「僕は、結を止めに来たんだ」

哲也のことも雅のことも、視界から外して、僕は結へと一直線に向く。

「僕は、結をこのまま行かせられない」

「弥一……」

その表情はなにを意味しているだろう。この期に及んで引き留める僕に呆れているのか、それとも僕がこうして結を引き留めることへの単純な驚きか。

「『霧山古文書』を、読んだんだ」

その単語を口にした途端、結の瞳は見開かれた。

「どうしてそれを弥一が……!?」

その反応で、結は僕に対して『霧山古文書』を隠していたことがわかった。哲也に預けていたのか、それとも自分から部屋に隠したのかはわからないけれど、今日閲覧できたのだって、きっと偶然だろう。

結は、書かれていた自分の運命を知っていながらも、それをひた隠しにしたまま過去に戻ろうとしたのだ。

「哲也、雅ちゃん、申し訳ないんだけど、結とふたりにしてもらえないかな」

僕の吐いた言葉は、自分でも驚くほどに心の底に響く重みがあった。

そんな僕の様子を見て、なにか言いたげに口元を動かした哲也だったけれど、結局なにも言わずに、僕の言葉に従ってくれた。

もしかしたら、哲也たちは辺りの木陰に隠れて会話を聞いている可能性もあるけれど、それならそれでもよかった。ただ、僕は結とふたりで話をしたかっただけだから。

「結、もう一度言うけど、僕は君をこのまま行かせられない」

「それは、困るよ……」

「行かせられるわけがないだろ」

だって。

「だって……っ!!」

奥歯をこれでもかというほど噛みしめて。

「結は死ぬんだぞ!?」

「うん」

「自分から死にに行くようなものなんだぞ!?」

「わかってる」

「たとえ過去を変えられたとしても、そこに結はいないんだぞ!?」

「だからわかってるって!!」

それもすべてわかったうえで、結は覚悟を決めていたらしかった。この時代から去る覚悟を決めて、僕と別れる覚悟を決めて、みんなを救う覚悟を決めて、そして自分ひとりだけが死ぬ覚悟を決めたと、そういうことだった。

「じゃあ、どうして……っ！」

「行くしかないからだよ。私が戻らないとどうなるか知っちゃったし。それにさ、私の行動次第で救える命があるってことも知っちゃったから」

「そんなのって……」

「私は、救いたいんだよ。自分の家族も、私を育ててくれたこの村も、その未来も。そして、大好きな弥一のことも」

「………っ」

「大好きな人を救うことができるのが自分しかいないだなんて、とっても素敵なことだと思わない？」

そう言って、綺麗に並んだ歯を見せるようにして、「にっ」と強く笑った。

ああ、本当に覚悟をしてしまっているんだなと、そう思ってしまった。

よく見てみるとその端正な顔はむくんでいて、目元は赤く腫れていて。そのうえで笑っている。どれだけ苦しくて辛くて寂しくて、そして悲しいのかが伝わってきてしまう。せめて最後くらいは笑っていたい、笑顔を見せたいという健気な気持ちが、否応なく伝わってきてしまう。

「だから私は行くよ。たとえ自分が死んでしまったとしても。私の命がそれから先の新たな命に結ばれていくのなら、未来に結べるのなら、それでいいの」

「結……っ!!」

そんな彼女を、思い切り抱きしめる。

きっと、こうなることはわかっていた。止められないことも、同行などできないことも。一緒に行きたいと思った。それで結の力になれて死ぬのだとしても、悔いはないと思った。でもなによりそれは、結の今までの想いを踏みにじることになる、さらに苦しめてしまう。

だから、送り出すしか、ない。

絶対に忘れない。自分の命を一度だけでなく、二度も助けようとしてくれていることの子のことを。ここまで、人を想う強さを教えてくれたこの子のことを。

「好きだ……っ」

「好きだよ」

「大好きだ……本当に……」

「うん、大好き」

「ずっと、そばにいる……。いくら距離が離れたって、僕はいつだって結のそばにいる、から……っ」

「うん、うん……っ」

きつくきつく抱きしめる僕に、なんの文句も言わず、ただ回した手で僕の背をさすってくれている。慈しみのこもった優しくも小さな手で。それは、頼りないけれど安心感のある、最愛の人の手だった。

けれど、その手は次第に社の戸へと伸びていき。

「結…………っ!!」

僕の呼びかけはどこまでも虚しく。

その感触を最後に、結は、僕の前からも、この時代からも消えた。

# 第七章　100年越しの貴方へ。

翌日、妙な感覚があった。

『祈豊祭』の準備が進んでいる『霧山村』全体は、いつもよりも大きな賑わいを見せていたけれど、それは祭りの準備をしているからという理由だけではなく、もっとなんか違う理由がある気がする。本当に直感での話なのだけど、僕の中の違和感は強かった。

「結」

ふとしたときに、この単語が口をついて出た。口がこの名前と思しき単語を発生することに慣れているのがわかった。けれど、結とは誰だろう。僕がこの夏世話になったのは哲也と雅と、真知子さんら大人たちだ。一緒に走り回った子供たちにも、結という名前の子はいなかったはず。

それにどうしてだろう。

この名前を発する度、考える度、胸が酷く締め付けられた。

「はは……なんだこれ、苦しいな……っ！」

拭いきれない胸の苦しさは、僕の心を蝕(むしば)むようだった。

その翌日は、抱いていた違和感がさらに膨れ上がった。

辺境の村としての形を成している『霧山村』ではあるけれど、その賑わいが今までのそれと明らかに違うのだ。少なく見積もっても、人の数が二倍以上に増えている気がする。『祈豊祭』に参加するための外からの客だろうかと考えてはみたものの、まだ村の民宿は始まっていないようだった。

それに、随分と村の範囲が広くなっている気すらした。一夜で見るからに広くなっているというのはありえない話ではあるが、僕の目にはそう見えた。ただの違和感には過ぎないのだろうけれど。

それと、なにか、とても大事ななにかを、忘れているような気がする。

すっぽりと、心の奥深くに空洞ができたような気がして、なぜかとても寂しくなった。後ろを振り向いても誰もいないのに、手にはなにも握っていないのに、山の中には誰もいないのに。僕はなにかを探すように、駆られるように、足を動かしていた。

そう言えば、正面にある少し剥げた山を開拓することに決まったらしい。剥げていて見栄えもよくないし、曰く付きの場所でもあるからと、山を開拓して村を広げて海を望めるような『霧山村』にしようという話が進んでいるらしかった。

僕にはこの村のことは正直あまり関係ないけれど、でも無性に面白くなかった。どうしてか、けれどどうしても嫌だと思ってしまった。

本当に、自分がどうしてそんなことを思っているのかなんて、わからないのだけれど。

さらに翌日になると、『霧山村』は人で溢れかえっていた。それは、夏の終わり、夏休みの終わる前日だった。

『祈豊祭』当日は観光客も多いし、それに数年前に山をひとつ開拓したことにより、山に囲まれながらも海を望めるようになった『霧山村』は、人の手の入っていない神秘的な場所も多く、観光名所としての新たな地位も確立し始めていた。

それに、山と海に巫女が祈りを捧げるとともに、その祈りとして花火が打ちあげられるという近年の『祈豊祭』は、ロケーションの良さも相俟って絶好の見世物となっていた。

「雅、頑張れよ」

「雅ちゃん頑張れ」

哲也と僕とで巫女役の雅を送り出す。

どうやら今から100年近く前から『祈豊祭』は、豊穣を願う祭りであるとともに、ひとりのある少女を弔(とむら)う祭事という側面もあるらしかった。それは、昔にこの村を襲った土砂崩れの大災害で、率先して村の人を助けた少女に対する、労いでもあるらしい。

「土砂崩れ、か……」

脳裏に引っかかる単語ではあったけれど、どうしてかはわからなかった。

「こんな山に囲まれた村で土砂崩れなんて起きたら、ひとたまりもないんだろうな」

僕の口からついて出るのは、結局その程度の想像だった。当時の人の苦労なんて、想像もつかない。

どうやら『祈豊祭』の見どころである巫女の祈りが始まるらしかった。

神社に見立てられた舞台のうえには、巫女服を着た雅の姿。身長もあってスラっとしている雅の和装姿は、抜群に綺麗だった。

けれど、幻覚か。そんな雅を見ていると、もうひとり、僕の視界には重なる影があった。身長は低く華奢な体躯は、雅とは似ても似つかないけれど、ある少女の姿が、巫女姿の雅に重なるのだ。

「なんだ、これ……」

僕の様子に、隣で未来の伴侶の晴れ姿を見ている哲也が心配そうに僕を窺うような視線を向けるが、それも束の間。壇上の雅が両手を合わせて目を瞑り、祈りを捧げ始めると、直後、頭上ではひとつの大きな花火があがった。

その近すぎるがあまりに耳を劈(つんざ)くような破裂音は、僕の思考を停止させて、周りと同様に一斉に僕も夜空を見上げた。

ひとりの巫女の祈りとともに空を彩る大輪の花は、とても幻想的なものだった。

花火は惜しみなく次々とあがっていき、その都度人々の歓声で沸いた。

これは、たしかに観光名物として『霧山村』を盛り上げていくのには適していると思えた。海と山と、そして花火と巫女と、それらを同時にこんな間近で見られる場所は他にはないだろう。

目玉であった花火が終わると、人々は疎ら（まば）に散っていく。ある人は借りている民宿に、ある人は駐車場の方に。けれど、未だ会場に残っている人たちもいて、まだ『祈豊祭』は続いているようだった。

花火の次には、巫女がこの『霧山村』にまつわる話をするらしい。今でこそ人が増えてきていて観光客で賑わっているけれど、その昔はこの山に囲まれているという立地の悪さで、基本的には自給自足が強いられていた。だからこそ、自分たちの作物が豊作になるように祭事を設けたのだろう。

そういった『霧山村』の歴史的背景が淡々と述べられていくと、途端に話の方向が変わった。

雅は壇上で一冊の古めかしいノートのようなものを開いた。

「あれは……」

なぜか既視感の強いもの。この夏、これといってなにもせずに単なる家出をしてきただけだった僕なんかが、祭事に使われるような書物に触れているわけがないのだけれど、それでも、雅の持つ書物を見るだけで、僕はどうしようもない使命感に駆られそうになる。

僕のこの奥底に燻(くすぶ)っているものの正体はなんだろう。もはや違和感と言うには収まりのつかない感情になってきている。

「今から104年前、この『霧山村』を大規模な土砂崩れが襲いました。それは、今日と同じように『祈豊祭』当日の出来事でした。当時は今とは違い、山の中に建てられていた神社での祭事だったため、たとえ豪雨に見舞われようとも危険を承知で山に入るしかなかったのです……」

こうして雅の語りは進んでいく。『祈豊祭』の日に豪雨に見舞われてしまったこと、その危険を覚悟のうえで祭事を執り行おうとしたこと。そして、当時の巫女が祈りを放棄したこと。

「当時の巫女は、その豪雨の危険性を鑑みて山を下りたそうです。巫女としての最も重要な役割である祈りを放棄してまでです。危険があろうとも役目を遂行するのが当時の巫女としては当然のことでしたが、その巫女は違いました。もちろん批判する者も糾弾する者もいましたが、巫女は頑なに山には入らず、その代わりに悪戯では収まりがつかないような悪事を始めたのです。山に近づく者には誰も見たことのないような様々な道具を用いて脅かし、また代理の巫女を立てようとした村の人には脅迫のようなこともしたそうです」

突拍子もない巫女だった。そんな悪事を働く巫女なんてのもいるものなんだなと、ぜひ会ってみたいなとなんとなく思った。

きっと、間違いなく面白いやつなんだろうなって。

「巫女は何度も何度も『土砂崩れが起こるから、山に近づいてはいけない』そういった意味の言葉を村の人たちに訴えかけていたそうですが、それでも自給自足を余儀なくされていた当時の村に人間は、一年の豊穣を祈る『祈豊祭』を重要視していたのでしょう。巫女の言葉に取り合わずに、無理やり決行しようとしたそうです」

起こるかどうかわからない山での事故を慮るより、一年の村人の心の安寧を齎す祭事を優先すべきだと、つまりはそう考えられていたのだろう。祭事の中心にいる巫女が最も長く山に滞在して祈りを捧げるのだから危うい立場になる。だからこその巫女の主張だったのだろうけど、それでも多数決という無慈悲なルールは、巫女の側に傾くことはなかったようだった。

「けれど、巫女はそれでも諦めなかったのです。自身の身の保安のための行動に映ってしまうかもしれませんが、巫女はずっと『村の人を守るため』だと、そう言い続けていたそうです」

『私は絶対にこの村の人たちを守りたいんだ』

唐突に、鈴の転がるような声が聞こえた気がした。

澄んでいて綺麗な声音。心が震えるけれど、安心できるような、そんな不思議な心地の声。それを、僕は知っている気がした。

けれど、辺りを見渡しても、その声の主と思しき人物は見当たらなかった。

「弥一、どうかしたか？」

「いいや……」

「すごく、辛そうな顔をしているけど、体調悪い？」

「大丈夫だよ」

辛そうな顔を、僕はしているらしい。でもどうしてなのかは、わからなかった。

「結局『祈豊祭』が執り行われることになってしまったのですが、そのとき巫女は信じられない行動に出たのです」

雅が次の展開を匂わせるような語り方をしていくと、その瞬間、周囲に立ち並んでいた松明(たいまつ)に、一斉にボウッと火が点ったのだ。

「巫女は、祭事のおこなわれる山を、燃やしたのです。豪雨で風も強く、鎮火するのはすぐだったのでしょう。それでも山に火をつけるというおこないは、村の人の足を止めるのには十分でした。山に囲まれて暮らしている『霧山村』の人間は、山火事に対してはとても敏感で、燃えているという知らせを受けると、たちまちに祭事は中止になったのです」

『それで、まさか『祈豊祭』当日に、――村の人みんなに、肝試しを仕掛けるってこと!?』

『それに近くなるんだと思う。でも、もっと確実に近づかないようにするけどね』

まさか、確実に近づかないようにするための方法が、山を燃やしてしまうことだなんて、もはや呆れを通り越して笑ってしまいたくなる。

そう、僕にはこんなやり取りをした記憶がたしかにあった。記憶に思い浮かぶ彼女の顔には靄のようなものがかかっていて、はっきりとはしないけれど、たしかに僕はなにかを忘れていて、そして、思い出さなければいけないんだ。

「『祈豊祭』を中止にすると、巫女は自分が山を燃やしたことを公言し人々から糾弾されることになってしまいましたが。それでも気にせずに巫女は村の人をできうる限り山から離れた場所に半ば脅迫するようにして誘導しました。そして、十分に距離をとったところで、それは起きたのです。村中に地響きにも似た轟音(ごうおん)を響かせながら、目の前の山が崩れ落ちていったのです」

それが村を襲った土砂崩れ、なんだろう。

「結果的に巫女の行動で村の人は救われました。まるで予知していたかのような巫女の行動は、後にこの災害から村を助けるために訪れた未来人なのではないかという憶測が飛び交うほどでした。土砂崩れで村は半壊しましたが、それでも誰ひとり怪我すらしていないという事実にみなが息を吐きました。でもそのとき、あるひとりの女性が『うちの子がいません』そう言ったのです」

誰ひとりとして犠牲にしたくないと言っていた彼女の行動が、手に取るようにわかってしまった。

「巫女はその場から飛び出しました。豪雨の中、ひとりの子供を探して土砂崩れが起こった方へ。その巫女の勇姿に、もう文句を言っているような人はいませんでした。そして幸いにも子供は土砂崩れに呑み込まれておらず、軽い怪我を負っていただけでした。巫女はその子を背負って元の場所に戻ろうとしたとき、二度目の地響きが。目の前から迫りくる、土砂崩れのうえに重なって流れ落ちてくる土砂。巫女はその場で子供を庇うように抱えて……」

聞くに堪えない、想像するに堪えない、そんな惨劇だったろう。ひとりの少女が、その身ですべてを守るために奔走して。人間の最期としては、あまりにも残酷だ。

「ただ、ひとつだけ。巫女の庇っていた子供は、奇跡的に一命をとりとめました。そして、その災害時に救われた私が、語り継ぐために、この経験をここに記します。奥村弥彦、と」

「………」

声が出なかった。

奥村弥彦、それは僕の曾祖父の名だ。

彼もまた彼女に、結に、命を救われたというのか。

こうして僕の代まで、命を結んだと、そう言うのか。

話を聞き終える頃には、すべてを思い出していた。彼女との出会いも、別れも、そして成し遂げた結果も。

こうして『霧山村』に人が溢れて、村の開拓が進んでいるのも、結が104年前のあの日、すべてを救った結果なんだと、僕だけが知っている。

そして、こうして記録としても残されている。

結は貫き通したんだ。自分の意志を、目的を、信念を。貫いて、願いを叶えたんだ。未来を変えたんだ。

彼女はあの日、『霧山村』のすべてを未来に、結んだんだ。

「おいっ、弥一どうした」

「えっ」

「どうして、泣いてるんだ」

「……、くっ、あぁぁぁ……!!」

嗚咽が止まらない。

涙が止まらない。

「……あぁ……だって、結は………」

「……」

「でも……やっぱり……、あぁ……、死ぬなんて、あんまりだ……」

僕の涙で枯れた声は、喧騒の中、小さく響いていた。

泣きすぎてとても見せられたものではない顔をした僕のところに、祭事を終えた雅と、そして父の村長が現れた。話に出た、僕の曾祖父の話でもしてくれるのだろうか。

「弥一くん」

村長にそう呼ばれると、自然と居住まいを正してしまう。少し背筋を伸ばして、それでも硬くなりすぎないように。

「どうしましたか?」

「『祈豊祭』はどうだったかな?」

「なんていうか、すごかったです。祈りと花火は綺麗でしたし、最後の話は、聞けてよかったなって……」

素直な気持ちだった。

「それは主催している私からしても嬉しい感想だ。ところで弥一くん。古川、結さんという方を知っているかな？」

「………っ!?」

それは思わぬ名前だった。少なくとも、今出てくるような名前ではない。

「その反応からして、知っているようだね。100年も離れた時代の彼女とどんな繋がりがあるのかはわからないけど、君の曾祖父、弥彦さんは古川結さんに直接助けられたわけだし、なにかの接点があるのかもしれない」

なにを言っているのかが、いまいち掴めなかった。掴みどころがないというか、話の核心だけを避けているというか。

「まあつまりだね、『霧山村』に所縁（ゆかり）のある奥村弥一、という高校生がもしもこの村を訪れることがあったら、これを渡してほしいと、そう伝えられているんだよ」

そう村長が言うと、後ろに控えていた雅が、一冊の書物、『霧山古文書』を僕に手渡してきた。

覚えのあるものではあったけれど、僕が以前手にしたものとはまったく異なっているように見受けられる。

「これは、さっき雅が読んでいたものの複写ですか？」

「いいや、それが本物だよ。本物は君に、複写を『祈豊祭』に使っているんだ」

　そう言って手渡された本物らしい『霧山古文書』は、複写よりもさらに年季が入っている。本当に100年以上の時を越えてここまで残ってきたのだということが、強く伝わってくる。

「この中は、さっき雅が読みあげていた内容が前半に、そして、私たちも誰ひとりとして目を通したことのない内容が、後半に書かれている。そして、後半を読んでいいのは弥一だけと、妙に親しげに書かれているんだ。私たちは、村を救ってくれた古川結さんの言葉に従って、誰ひとりとしてこの先は読んでいない。もしかしたら歴史的な価値があるかもしれないし、この村にとって重要なことが書かれているかもしれないから、もしもそのような内容であれば教えてほしい」

　村長は捲し立てるように、そう言った。きっと中身が見たくて見たくて仕方がなかったのだろう。

　しかしまさか、100年も前にいるはずの結が、僕宛に文章を遺しているなんて、思ってもみなかった。

　気づけば、村長も雅も、隣にいた哲也もその場から離れていた。きっと僕に対して気を遣ってくれたんだろう。

僕は『霧山古文書』をそっと開いた。

前半は言っていた通り、雅が祭事中に読み上げていた、この村、そして結の活躍の話だった。それを一頁ずつ真剣に読み進めていく。

そして、後半に差し掛かると、その紙はさらに古いものへとなっていて、文字を読むのがやっと、という感じでもあった。しかし、よく見てみるとそれは、100年前にはあるはずもない、僕らに親しみ深いどこにも売っているルーズリーフだった。

そして、その一行目から、それが僕のよく知るあの子が書いているものだということが、はっきりとわかった。

『まず、この手紙を手に取った人が高校生の奥村弥一くんでなければ、見なかったことにしてそっとしまっておいてください。そして、どうにか100年後に生きている彼のもとまで届けてください。

100年越しの貴方(やいち)へ。

私の想いを、この手紙に遺します。

100年の過去に行くにはさ、神社の中で六日半以上は滞在していないといけないから、気づいたら弥一のことばかり考えてるよ。だから手紙が書きたくなって、こうして神社の中でみゃーちゃんから貰ったノート？　と呼ばれていたものに書いています。

もしかしたら、私が過去に戻って全部が元通りになって、それでみんな私のことを忘れてしまっているなんてこともあるかもしれないけど、そのときは恥ずかしいのでこの手紙はなかったことにしてください。

きっかけは、弥一が偶然神社で眠っていた私を見つけてくれたことだったね。あのまま弥一が見つけてくれなかったら、私はどれだけ未来に行ってたんだろうね。

弥一にはたくさん迷惑をかけちゃったな。

いつも私のことを気にかけてくれていて、過去に戻るのだって怖かったはずなのに、付き合ってくれて。

本当にありがとう。

でもまさか、初恋の相手が100年後の人になるなんて、思わなかったな。

そりゃあ思わないよね。弥一からしたら、私って100歳も年上のおばあさんだもんね。

えへへ、私の方がずっと年上なんだよ？


今、弥一の時代ではどうなっていますか？

みんな笑顔でいられているかな。私がもしも村のみんなを助けられたら、きっともっと賑やかな場所になってるはずだよ。少なくとも、私の生まれた時代では、もっとたくさんの人がいて、いつでも賑やかだったから。村のみんなが友達で、みんなが家族、そんな距離感が私は好きなんだ。だからこそ、どうしても助けたいの。

「霧山古文書」には、最後まで私の名前があって、もしかしたら私は助からないのかもしれないけど、それでもわざわざ死に行くわけじゃないんだから、どうにか抗ってみるよ。

私の頑張りの成果を、未来で見届けていてくれたら嬉しいな。

どう変わったのか、なにが残ったのか、そういうのを確かめてくれると嬉しいな。面倒をかけてしまうかもしれないけど、お願いします。弥一ならやってくれるって信じてる。

それに私は、人と人とを結ぶ、縁結びの結だからね。

きっと、村のみんなの縁を結んで離さないようにしちゃうからね。

もう、弥一も『霧山村』という家族の一員なんだから。

というか、私自身が弥一と結ばれたんだもんね。


手を繋いでくれたことも、抱きしめてくれたことも、今でもちゃんと覚えているよ。

すごく嬉しかった。

学校に連れて行ってくれたことも、弥一の夢を話してくれたことも、そして、その夢に導かれて出会えたことも。

全部全部、嬉しかった。


どうしよう、弥一のことを考えていると、気持ちがおさえきれなくなっちゃう。

今すぐ会いたいな。

一緒にいたいな。

声が聞きたいな。

貴方の優しさに触れていたいな。

私は弥一と一緒にしたいことがありすぎて困っています。

だから、後悔しないように、今全部気持ちをさらけ出しているんだ。

これを読まれるって思うと恥ずかしいけど、でもその頃には私は居ないんだから、言ったもん勝ちだよね。

私、古川結は、奥村弥一くんのことを愛しています。


結局、私が言いたいのってこれだけなの。

これを伝えるために、こうして手紙を書きました。

出会えてよかった。

心からそう思ってる。

本当にありがとう。

まだたくさん言いたいことはあるけど、いくらだって好きって伝えたいけど、私はもうそろそろ行かなきゃ。

だから、私はもう行くね。

みんなのことを助けてきます。

行ってきます。

最後に、ちょっとロマンチックなことを言わせて。

実は弥一に貰った音楽を聴けるタイマー?で、今この手紙を書くのにどれくらい時間がかかったのか計ってたんだけどね、なんと二時間だって！

神社の中で二時間ということは、現実の時間では一年と半年近く過ぎちゃってるんだね。

だからこの恋文は、きっと世界で最も時間をかけて書かれた恋文になったんじゃないかな。

えへへ、どう?

素敵だと思わない？』

# エピローグ

あの後。

僕は地元に帰り、家出したことを親にこっぴどく叱られた。

それでも、家出した理由と、僕のやりたいことを一歩も引かずに伝え続けていると、両親はいつからか納得し、僕の努力する姿を応援してくれるようになった。

それから三年が経って。

僕は大学生になり、学業の傍ら作曲家という夢を追い続けていて、最近では評価されはじめ、その頭角を現しつつある。

もちろん結と再会できるという奇跡は起きないし（というか例の『古川神社』は開拓の際になくなってしまった）、現実は相変わらず現実を突き付けてくるけれど、それでも僕も、いつかの彼女みたいに、ひたすら愚直に前進できるようになっている。

僕の曾祖父が『霧山古文書』で結の軌跡を残したように、僕も音楽という形で彼女の努力を形にしたい。そして、その舞台を『霧山村』にして、観光の賑わいに一役買いたいというのが、僕の新たな目標だった。

『霧山村』にはあれから年に一度は足を運んでいる。

最近では哲也と雅の結婚の話が進んでいて、なにやら騒がしいようなので、今から茶化せることを楽しみにしている。

住民が増加し、村から町としての姿に変わりゆく『霧山』は、例の剥げた山ももうないけれど、この変化こそが結の残した一番大きなものだ。

僕は音楽を通して、結の残したもの、変わったもの、100年という時を越えてまでもひとりの少女が未来へと結んだ現在を繋いでいくために、足も手も動かし続ける。

今となっては僕の宝物である『霧山古文書』と、同じ箱の奥に入れられていたイヤホン。100年経って返却された彼女からの品物を耳につけ、最近流行りの音楽を流す。

「すごくいい曲に仕上がったんだ。仕上がったんだけど、君の声で、この曲を聴いてみたかったな……。僕の中の理想の声は、いつだって君の声なんだから」

僕の隣に君はもういないけれど——。それでも、新たな変化に思いを馳せて僕は往く。年々も何百年もずっと前から繋がっていて、そして今僕たちが未来に繋いでいかないといけない道。

僕は、曲への完成度に胸を張って満足げに頷く。

国内大手の音楽チャートで突如現れ、週間ランキング二十位を獲得した楽曲。

端末の画面には作曲家の欄に奥村弥一の名前。

努力は報われるかはわからないけれど、それでも、努力し続ければいつかきっと実を結ぶと、彼女が教えてくれた。

そんな彼女、結を想って綴った僕の曲。

「もう一度、もしも結に会えたら、この曲を聴いてほしいな」

そうしたらきっと、僕が成長したこと、前に進んでいることを伝えられる。
そんな、100年越しの君と僕を結ぶ、世界でたったひとつのラブソングだ。

この曲の、タイトルは――。

完

# あとがき

どうも、冬野夜空です。
まずは、『100年越しの君に恋を唄う。』をお手に取っていただき、ありがとうございます。

私は高校二年生の頃に小説家を志しました。ほとんどの人が私の夢を冗談半分、話半分で聞いていたと思います。当時を振り返ると、これは、それほどまでに荒唐無稽な夢だったのです。

そんな当時、自分はどうして小説家という難しそうな職を目指そうと思ったのか振り返りました。理由は幾つもあったし、綺麗ごとから人に聞かせづらいものまで枚挙に暇がありませんでした。けれど、それほど多種な理由があったからこそ一貫して継続して夢を追い続けることができたのだと思っています。そして、同時にその理由は、どれも例外なく自分の過去に基づいて抱いたものだと気づきました。

過去が、経験が、今の自分を繋いでいるのだと、結んでいるのだと、そう思いました。そうして着想を得たのが、本作です。

高校時代の多感な振り返りから着想を得た作品。小説家を志してから書き出した作品案の中でも、最も古いもののひとつが今作です。

本作を通して、今の自分を形成するうえで繋いできたもの、人と人、時間と時間の結びを、あらためて考える機会になれば幸いです。きっとあなたという存在を形成する背景には、創作物よりもずっと深くて長い歴史が、あるはずですから。

ここで謝辞を。

原稿がうまくいかないときも、問題が発生したときも心強く支えてくださった担当編集の森上様。儚げな世界観に、結の切実な想いをイラストにうまく落とし込んでくれたイラストレーターのajimita様。ここで挙げさせていただいた以外の方も含め、作品に携わっていただいた皆様、厚く御礼申し上げます。

そして、この度本作品をお手に取ってくださった読者の皆様、あらためて感謝申し上げます。

冬野夜空

この物語はフィクションです。実在の人物、団体等とは一切関係がありません。

冬野夜空先生へのファンレターのあて先
〒104-0031　東京都中央区京橋1-3-1　八重洲口大栄ビル7F
スターツ出版（株）書籍編集部 気付
冬野夜空先生

100年越しの君に恋を唄う。

2021年３月28日　初版第１刷発行
2024年３月４日　　　　第７刷発行

著　者　　冬野夜空　

発 行 人　菊地修一
デザイン　フォーマット　西村弘美
　　　　　カバー　徳重　甫＋ベイブリッジ・スタジオ
編　　集　森上舞子
発 行 所　スターツ出版株式会社
　　　　　〒104-0031
　　　　　東京都中央区京橋1-3-1　八重洲口大栄ビル7F
　　　　　出版マーケティンググループ　TEL 03-6202-0386
　　　　　（ご注文等に関するお問い合わせ）
　　　　　URL　https://starts-pub.jp/
印 刷 所　大日本印刷株式会社

Printed in Japan


定価はカバーに記載されています。
ISBN　978-4-8137-1066-0　C0193